ro
ro
ro

Heiner Links Debüt «Hungerleider» ist ein ebenso aufgeregter wie aufregender monologischer Diskurs über die Zumutungen der Normalität. Es sind die Schrecken der alltäglichen Erscheinungen, die den Erzähler plagen, das ganz gewöhnliche Grauen des Alltags. Angesichts der gesellschaftlichen Ohnmacht bleiben nur die Ausflüge in die Abgründe des Sexuellen.

«Radikale Selbstironie verleiht Heiner Links Texten ihre außergewöhnliche Aura. Er durchschaut das konsumversaute Spaßspießertum und die Hybris unserer hysterischen Pseudokultur, die Menschen verachtet hat er trotzdem nie.» (Norbert Niemann)

Heiner Link wurde 1960 geboren. Er starb 2002 bei einem Motorradunfall in München. Er veröffentlichte zahlreiche Erzählungen und Texte und gab 1997 die Sammlung «Trashpiloten» heraus. Nach seinem Unfalltod erschien 2002 sein Roman «Frl. Ursula», der zu einem Sensationserfolg wurde.

Heiner Link

Hungerleider

Rowohlt Taschenbuch Verlag

Veröffentlicht im Rowohlt Taschenbuch Verlag,
Reinbek bei Hamburg, Mai 2005

Erstauflage: Druckhaus Galrev, Berlin 1997
Umschlaggestaltung any.way, Cathrin Günther
(Abbildung: mauritius images / Rosenfeld)
Innentypografie Daniel Sauthoff
Satz Centennial, Cooper Black und Clarendon PostScript
(InDesign) bei Pinkuin Satz und Datentechnik, Berlin
Druck und Bindung Druckerei C.H.Beck, Nördlingen
Printed in Germany
ISBN 3 499 23954 X

Sie hielt und sah mich starr an. «Werther», sagte sie mit einem Lächeln, das mir durch die Seele ging, «Werther, Sie sind sehr krank, Ihre Lieblingsgerichte widerstehen Ihnen. Gehen Sie! Ich bitte Sie, beruhigen Sie sich.» J. W. v. Goethe

Hunger I

Einen Tag keine Vitamin-C-Tablette, und schon hab ich einen Katarrh. Auch Hunger. Auf dem Weg ins Büro drängt das Hungergefühl, ein Vibrieren der Magenschleimhäute, schwarz, mahlend, vom Magen herauf, die Klänge des Radios mischen sich in die Fahrgastzelle des mich transportierenden Automobiles. Vorbei an armseligen Einfamilienhäuschen mit angebauten Garagen, vorbei an flinken Zweigen mit fleischigen Blättern, vorbei an 8-stöckigen Grausamkeiten mit idiotischen Verzierungen an fensterlosen Seitenwänden. Wilder Wein auch, hie und da, und natürlich Efeu, immergrüner Efeu. Der Hunger drangsaliert mich zu dem Wunsch, eine Metzgerei zu betreten, ein Wunsch, dem ich mich entziehe. Wurstsemmelautomechaniker, springende Zungen in rosigen Mäulern und die Augen mutiger Verkäuferinnen, die in meinem Gesicht herumglubschen. Lächeln, das meiner nicht wert ist. Ein Reisebus klotzt die Straße zu, stößt schwarze Rußwolken aus sich, der östliche Bürgersteig ähnelt dem westlichen seitenverkehrt. Radfahrer schlingern auf der Straße wie besoffene Kamele. Es ist merkwürdig schwer, die Jahreszeit zu bestimmen, die Wolken hängen wie schwere, nasse Laken vom Himmel, Wind zerrt am huschenden Automobil. 800 Meter vor meinem Büro ist eine kleine Einkaufspassage, davor eine Bushaltestelle, die einzige Möglichkeit zu parken, ich nutze sie, worauf mir ein anderer Autofahrer den Vogel zeigt. Ich kaufe mir eine Schachtel Zigaretten. Beim Gemüsehändler sehe ich Erdbeeren, verbeult, ausgewachsen wie Kartoffeln, grüne Punkte auf fleischigem Rot. Sie quellen aus geschäumtem Karton. Mit schweren Schritten überquert eine besonders dicke Frau den Platz. Kalter, süßlicher Dampf steigt dunkel aus meiner Kindheitserinnerung herauf. Sie trägt ein kuttenhaftes Gewand. Als bliese man es von unten auf, spannt sich der Lodenstoff über dem prallen Körper. Jung gepflanzte Bäume, jeweils von zwei Holzpfählen gestützt, strecken sich aus dem Boden, als hätte man sie von unten durch die Erdkruste gestochen. Eine ältere Frau hebt einen grünen Regenschirm in den Himmel, in der anderen Hand eine ebenfalls grüne, lindgrüne Kunstledertasche, aus der Lauch ragt und wackelt. Vorbei an einem Imbissstand, Rindsbratwürste aus einem umgebauten Wohnwagen, ein Imbisswagen. Die

Leute fressen sich die Hucke voll, Seitenscheiben, milchige Scheiben, wie Klofenster, nur Helligkeit erwünscht. Ein Vordach, Wetterunabhängigkeit. Daneben ein Zigarettenautomat, den ich kenne, es gibt John Player. Ach ja, in Amerika. Mein Vater wollte im McDonald's immer eine Suppe, und ich musste das dolmetschen. All die Fahnen und das dreckige Blau des Himmels, und er fragt nach einer Suppe. Die farbigen Damen hinter den Theken hatten lange Hälse und Zähne wie Gitter. Can I help you, Sir? Abgewetzte Plastikstühle, die Pommes frites hießen French fries, alles klimatisiert, kein Fenster aufzukriegen, aber um Amerika geht's ja nicht. Irgendwie in meinem Büro angekommen. Nichts mehr schmeckt mir also, und ich sitze am gekippten Fenster. Es mag schon sein, dass die Sonne scheint, damit weiter gefuhrwerkt wird. Die ganzen Büromaschinen orgeln ihre Gebläsesymphonien an meinen Kopf. Staubig kämpft das Tageslicht gegen die künstliche Beleuchtung an. Trotz Hungergefühl, feste Nahrung bringe ich nicht hinunter. Der Durst geht mir nicht aus. Die Ägypter waren ein soziales Volk. Bier war das Getränk aller Bevölkerungsschichten. Selbst die Sklaven, die die Pyramiden bauten, bekamen täglich zwei Krüge Bier, *Hek* hieß das damals. Es gab neben dem *Zythos*, dem normalen Bier, auch ein Starkbier, das *Dizythos* hieß. Also zwei Maß täglich, und vielleicht einen Schnaps zusätzlich, weil es eine Sklaverei ja nicht mehr geben soll. Oder Wein. Australischer Cabernet wird zur Geschmacksbereicherung häufig mit Shiraz verschnitten, wo doch der Cabernet diese Hilfe gar nicht bräuchte. Zwei Dinge sind beim Madeira entscheidend. Das eine ist die Säure, das zweite die Auswirkung des Estufa-Verfahrens auf den Geschmack. Ich merke meine Aufgeschwemmtheit. Das hat seinen Grund, das kommt davon. Weil ich den ganzen Tag mit angespannten Bauchmuskeln rumlaufe. So ist es meinem Körper nicht möglich, am Bauch Fett anzusetzen. Es muss demzufolge irgendwie verteilt werden. Dicke Backen verzerren grimmige Gesichtszüge zu einem feisten, ungewollten Grinsen.

Vorbei an den Feldern vor unserer Stadt. Hergedüngter Raps, letztes Jahr waren es Sonnenblumen, die Skyline von Germering stemmt sich tapfer Jahr für Jahr gegen die Berge, die viel zu weit weg etwas versprechen. Die Eindrücke der Fahrt hängen schlapp in meinem Gedächtnis, vermischen sich mit anderen, vergangenen Begebenheiten. Wiederholt wollte sich zum Beispiel ein Taubenpärchen unter unserem Dach einnisten. Mein kläglich und faul montiertes Gitter unter dem Firstvorsprung konnte den Bau eines Nestes nicht verhindern, und als ich es runterschüttelte, kamen zwei Eier zum Vorschein. Eines zerplatzte auf unserem Balkon in einem schönen Gelb zwischen dem verklebten Taubenkot. Das andere fiel aufs Nest und überstand den Sturz. Ich berührte es nicht, weil es mir zu fremd war. Ich weiß nicht, was meine Frau damit gemacht hat.

Zum Essen braucht man Zähne. Außer man gibt sich mit einem Brei zufrieden. Kauen ist gesund, es regt den Speichelfluss an. Die Zahnärzte jammern über ihren schmalen Verdienst, kann sich ja kaum noch jemand leisten, sein Amalgam rausmachen zu lassen. Bei mir blitzt's. Alles Gold. Das war schon eine Tortur, das Wasser ist mir runtergeronnen an den Schläfen in den Hemdkragen hinein. Betäuben hab ich mich schon lassen, und dann bin ich heimgefahren mit einem Maul wie ein Pferd, bloß damit ich irgendwann wieder beißen kann. Ich wollte die

Praxis in Schutt und Asche legen, als eine Spritze einfach nicht gewirkt hatte. Das Zahnfleisch hat die Frau Doktor einfach mitgemacht, da wurde gar nicht gefragt. Die Zahnarzthelferin hat meinen Kampf erkannt und mir ein Lächeln geschenkt, nett war die.

Entspannen Sie sich. Ja, freilich!

War es nicht doch so, dass ich nicht aus dem Maul heraus faulen wollte oder vom Maul weg? Oder nicht nach innen? An der Wand hing eine Fototapete, eine Lichtung im Wald, da schau ich schon lieber einen Fensterrahmen aus Plastik an. Die Felder der Nachhausefahrt waren kahl und kalt. Immer wieder hin und wieder nach Hause, so sinnlos und betäubt. Als endlich das ganze Gold drin war, hat es mir fast den Kiefer zerrissen, bei heißer oder kalter Nahrung. Eha! Mit einem Feldstecher versuche ich, die Häuser in hundertfünfzig Meter Entfernung zu lokalisieren. Blaugraue Mauern, grob verputzt und fleckig, eine Haustüre öffnet sich, und eine Menschenhaut drängt sich violett ins Freie. Hut und Lodenmantel und ein Wollschal, das nicht hörbare Klacken der Schuhe auf den rasengesäumten Steinplatten. Ein kurzer Weg zum Auto, Schlüsselkramen, die Stoßdämpfer nehmen Gewicht auf. Rauchiger Qualm mengt sich aus dem Auspuff zu einer Wolke, die schließlich vergeht. Wie geschubst setzt sich das Fahrzeug in Bewegung. Wie geschubst.

Mein Freund Rudi hatte sich eine Lebensmittelvergiftung zugezogen, angeblich. Nach einem Tennismatch nahm ich ein Weißbier zu mir, er aß zunächst ein Fleischpflanzerl, und dann brauchte er noch einen Leberkäs. Das war's dann. Drei Tage musste er leiden und denkt heute noch, es wäre eine Lebensmittelvergiftung gewesen. Irgendwo las ich, dass der Hunger nach ein paar Tagen einfach weg ist, einfach nicht mehr da. Erkenntnisse des 20. Jahrhunderts. Wir wissen das also. Meine Gedanken kommen mir so versteppt in den Sinn. Ein Kiesweg, blaugrüne Nadelgewächse, trockener Sommerduft und einzelne, fein in die Breite gerissene Wolkenfetzen, Fichtenschatten. Das Scharren der Steine unter meinen Sohlen, die Unebenheit des Weges. Ein Auto überholt mich mit schleifendem Staub, der alles aufhellt. Mein Blick nach rechts, in diese braune Furche, in der ein toter Vogel liegt, mit starrenden Augen, die Flügel verklammert. Der Gedanke ans Weitergehen unterbrochen vom angriffslustigen Gehopse eines Hundes, der direkt auf mich zustürmt. Ein schwarzer Köter, die Schnauze zur Fratze verzerrt, Lefzenlappen. Schließlich bemerkt er den Vogel und lässt ab von mir, wendet sein wirres Interesse diesem Kadaver zu. Über uns tönt ein Flugzeug, röhrt seinen Lärm herunter. Hund beißt in Vogel.

Dauernd irgendwelche Anrufe, Menschen mit lächerlichen Ansinnen, kreischende Frauenstimmen, Wiederholungen .... also, wie gesagt .... Ein Schreibtisch, dominiert von einem PC, einem aschgrauen Telefon und fünfzig Klarsichthüllen mit mehr oder minder problematischen Vorgängen. Genau überlegt ist es totes, bekritzeltes Papier, das vielfältige Sauereien dokumentiert und nicht einmal das Recht zur Verrottung hat. Recycling.

Wie heißt jetzt gleich dieser Gummibaum neben mir, irgendwas mit O, wenn ich mich recht entsinne, der verliert jeden Tag zwei Blätter. Der soll mir ja nicht eingehen. Ich werde ihn düngen. Ich habe eine starke Affinität zu Pflanzlichem. Schwammerlsuchen macht ja leider keinen Sinn mehr. Jeder Quadratzentimeter ist abgegrast, und die Vorstellung, dass schon fünf Paar Gummistiefel vor mir da waren, bringt mich um. Ich hatte mich schon Ende der siebziger Jahre im Schwammerlkult versucht, und als ich eine kleine Kolonie Reherl fand, erntete ich ein Lob meines Begleiters, der mehr als 20 Jahre Erfahrung aufweisen konnte. Die halbpfündigen Steinpilze aber trieben den Neid grün in seine Augen, und ich hatte plötzlich Oberwasser.

Alle wollen es warm, und ich bin blass wie ein gefrorenes Hendl. Als Kind hat man mich und meinen Bruder an den Wochenenden meiner Großmutter übergeben, eine brave Frau, frühzeitig geschieden, allein stehend, ohne Kühlschrank, die Butter lag im Schlafzimmer am Fensterbrett, ein Holzofen, ein Waschbecken, Klo im Hof draußen, ein Röhrenradio, ein Wellensittich, ein Bild – Venedig –, später kam ein Fernseher hinzu, Tierfilme und Peter Alexander, wenn ein Tiger eine Antilope riss, spie sie das Gerät an, tui-tui, und schimpfte, eine herzensgute Frau, ich bin ein Fünfer, sagte sie immer, weil sie 1905 geboren wurde, und wenn wir die Panade für die Schnitzel machen durften, wir Buben, und sie ein Ei anschlug, trennte sie vor dem Verquirlen immer den weißen Faden vom Eigelb, der ist vom Hahn, sagte sie, ich hab ihr später oft die Wohnung tapeziert und ihr ein Telefon angemeldet, und am Abend, als sie starb, sah ich im Krankenhaus, dass ihre Zehennägel schon monatelang nicht mehr geschnitten waren, sie bogen sich nach unten wie Krallen. Das merkte ich mir. Noch früher, Ottendichl bei Haar, ein Irrenhaus, eine Jugendliebe, eine Schachtel Salem ohne, besoffene Hühner, eine Kartoffelernte und dreibeinige Hunde. Ein Hendl mit Kartoffel- und Gurkensalat (gemischt) machte mir meine Tante aus Ottendichl, der ich in den Ferien übergeben wurde. Das war die Zauberspeise, das war für sie der Dank für fünfzig Jahre Knechtschaft, das kochen und anbieten zu können, eine knorrige, schwarz gefärbte und verbitterte Kramerladenbesitzerin, die mit 75 Jahren noch sechs Meter hoch auf der Leiter stand, um die Dachrinnen zu reinigen, während ich im Vorgarten einen zusammengefahrenen Vogel begrub und ein kleines Holzkreuz ins Gras stieß. Auf der anderen Seite der Straße wohnte eine kinderreiche Familie mit zwei kurzberockten jungen Damen, und jeden Sonntag gab es ein Hendl, besser wie auf der Wiesn, wo doch die Hendl auf der Wiesn so gut waren. Sechs Wochen, die großen Ferien, war ich immer bei ihr, gegenüber wohnte auch der Bruder der kurz berockten Mädchen, Lukas. Morgens um 8 stand ich schon vor der Haustür, ob der Lukas schon wach sei, aber er schlief immer bis um 10, also fuhr ich mit dem Fahrrad zu einem Bolzplatz, und wie sich die kurzen Röcke auf meine Psychomotorik auszuwirken erlaubt haben, aber eigentlich prägte mich das Hendl, und der Bierschinken, der immer direkt neben dem Emmentaler in der Vitrine des Tante-Emma-Ladens lag, und außerdem durfte ich sogar kassieren, man lobte mich immer, weil ich so gut zusammenzählen konnte, der Bub kann rechnen, sagte meine Tante, da brauchens nicht nachzuzählen, die Essiggurken wurden gewogen, und die Gefriertruhe mit dem Steckerleis stand innowattif neben der Tür. Eine Lebensfreude kann man ja doch nur mit Blasinstrumenten ausdrücken, Schostakowitsch, aber damals brannte nur die Sonne herunter, es waren lauter schöne Sommer, und ich hatte mein Rad selber gestrichen, zum Teil mit Silberbronze, das eigentlich für die Ofenrohre bestimmt war, und wenn der Lukas nachmittags um halb zwei wach war, sind wir doch zusammen Rad gefahren, aber nur ganz kurz, denn er war sehr beschäftigt, Scheiß drauf, dachte ich mir, und bin zu einem Spielplatz gefahren und habe ein wenig geschaukelt, und schaukelte ein wenig, hin und her, und zwanzig Meter rechts von mir sind Autos hin und her gefahren – in einem ganz und gar unlogischen Tempo.

Oh, was brodelt denn da herüber? Schwere Schwaden drängen heran. Schaut man hindurch, ergibt sich ein weißes Muster, denn die Schwaden sind grau und dunkel. Dieses weiße Muster sieht aus wie ein sitzender Bettler, jedoch nur kurz, bis sich die Schemen wieder auflösen, wie kaltes Bier in meiner Magengrube. Mein Nachbar erzählte mir, dass wir nur noch deshalb die 0,8-Promillegrenze haben, weil die Brauereilobby so stark ist. Na, wenn's denn nur so wäre. Ich mag's allerdings nicht, wenn meine Finger an gefrorenen Bierdosen kleben. In Kanada denkt man scheinbar anders. Dort stehen die Flaschen neben dem Kühlschrank, die Gläser im Kühlschrank. Bestellt man ein Bier, kriegt man ein gefrorenes Glas und ein seichwarmes Flaschenbier. Man schüttet dann das Bier in das Glas, und dann schmilzt das schneeige Eis, und die Flocken rieseln rein, und setzt man das Glas an, merkt man erst, dass man eine Unterlippe hat, und setzt man das Glas ab, zieht's einem dieselbige nach vorn, bis ein poetisches Blubb die durch Adhäsion und Kohäsion hervorgerufene Klebeverbindung akustisch interruptet und die Lippe ins Gesicht zurück schnalzt. So geht's nicht.

Gehn wir halt ins Kino. Raschelnde Popcorntüten, Eishäppchen, Gehüstel und Gestank, sich überschlagende Lautsprecher, Abdunkeln, langsames und übergangsloses Abdunkeln, ein Menschenhaufen, der Arsch neben Arsch auf ein Ereignis wartet. Warum? So was mag der Kinobesucher, es muss aber eine Komödie sein. Da müssen Gags rein, Gägs. Und Langnesehäppchen und Gummibärchen. Nicht mal diese zweieinhalb Stunden ohne Gefresse auskommen, und das könnte es sein, was mich wirklich aufregt. So geht's auch nicht.

Lachshäppchen. Sie kennen ja diese Buffets, man denkt, das macht kaum Arbeit, und jeder kann sich selbst bedienen, und dann ist auch für jeden Geschmack etwas vorhanden. Der Anlass zu diesem Bankett kann keine entscheidenden Kriterien zu dieser Sequenz beisteuern. Es war mir jedenfalls eine Freude zuzusehen, wie es den Gästen mundete, herrlich, diese gehäuften Tellerchen, und dann fiel noch ein Stück Baguette in den Schmutz, Sie kennen das. Ich schlenderte aufmerksam um die Tische, kontrollierenden Blickes registrierte ich, dass noch reichlich aufgetischt war, jedoch nur noch ein einziges Lachshäppchen ängstlich auf einem Teller fror. Margarethe, rief ich meine Frau bei ihrem zweiten Vornamen, mein Liebes, sag schnell, können wir noch mit Lachs aufwarten? Schweigendes Entsetzen, auch ihr war klar, was dieser Fauxpas an Dramatik anzurichten imstande sein könnte, sollte sich der Wind drehen. Meine Gemahlin. Voll blitzenden Verstandes nahm sie das Häppchen streng ins Visier, ergriff es mit diesen zarten Frauenfingern so apart, wie vielleicht nur der laue Juniwind ein Haar berühren kann, und aß es. Großartig. Aber so geht's auch nicht.

Unabhängigkeit bedeutet, seinen Scheiß selber machen zu müssen. Artefakte, wo? Niedrig rauschen die Wellen, aber sie rauschen noch. Als ich noch ein Schuljunge war, aß ich mittags immer einen Amerikaner, 50 Pfennige kostete der damals. Wie ein Diskus lag das Gebäck in meiner Hand, als ich den Schulhof betrat. Ich setzte mich auf eine Bank, da schlug nur eine Handbreit neben mir der Kot einer Taube auf den Asphalt. Wie hätte ich das interpretieren sollen? Ich sah nach oben und konnte außer Sommerhitze nichts Verdächtiges entdecken. Auch heute noch suche ich Schatten. Meist nehme ich eine haltungsschädigende Stellung ein, die mir jeder Arzt sofort und dringend ausreden würde. Ich sollte mich strecken, wahrscheinlich. Es gelingt mir nicht oft, meine Unverwundbarkeit überzeugend zu vertuschen. Ich kann nicht mehr essen, ich rausche in eine jede Buchhandlung, als stünde ich vor einem wichtigen Examen. Ich glaube, man hat die elektrischen Türen im Pasinger Hugendubel wegen mir eingebaut.

Kuck mal, Else, hier gibt's Äpfel, nimm dir auch einen.

Der Hugendubel setzt neuseeländische Äpfel als Marketinginstrument ein. Taschenbuch 94, die Verführung, die ein angebissener Apfel auf einem Plakat illustriert.

Nu komm doch, Else, nimm dir auch einen Apfel.

Man kann den Spargel beim Urinieren riechen. Jetzt haben sie wieder geschrieben, dass er doch nicht so gesund sein soll. Mahlzeit. Was gibt's denn heute? Schon wieder Krautwickerl? Ich verdamme meine Tomaten. Ein kleines Dächchen aus Plexiglas war meine Konstruktion, damit sie nicht direkt vom gemeinen Sommerregen angebrunzt werden, drei Stöcke blühen nicht mal, von meinen fünf, ein weiterer wächst in die Breite wie ein Rosenkohl, jeden Abend kommen die Schnecken, fallen ein in mein Gemüse- und Kräuterbeet, rollen sich bei der geringsten Berührung zusammen, es sind ja Schnecken, die keine Häuser haben, ziehen die Birne ein, ich bin bayerischer Meister im Schneckenweitwurf, ich werfe sie auf eine Fichte, damit sie durch die Zweige gepolstert runterfallen, einmal bin ich ausgerutscht, da hat's platsch gemacht an der Garagenmauer.

Kommt glatt ein einzelner Spaziergänger vorbei, sofort erkenne ich ihn als Menschen, sofort weiche ich ans Fenster, aber er strömt vorbei, westwärts treibt es ihn, er merkt nicht, dass ihm entnazifizierte Straßennamen den Weg weisen. Ich betrat den Wienerwald in Aubing, an einem Freitag. Aubing hat ja auch was Altdeutsches. Wienerwald all over the world. Das Publikum, vier bis fünf schwere Alkoholiker mit ranzigen Hemdkrägen, allein stehende verwelkte Weiber, zu van Goghs Zeiten vermutlich absinthabhängig, und einige Menschen, die gar nichts waren, keine Alkoholiker, keine Rechtsanwälte, keine Beamten, gar nichts, höchstens atmende Einrichtungsgegenstände. Die Bedienungen, Jugoslawinnen, mit strengem Blick und dunklen Strümpfen. Ich hatte zwei Bücher dabei. Man kriegt halt im Wienerwald ein sauberes Helles auf einem staubtrockenen Bierdeckel kredenzt. Dann die Farbe des Lichtes, maßgeblich beeinflusst durch die dunkle Möblierung und den nikotingelben Anstrich der Wände. Geflieste Böden. Grüne Sitzkissen, ornamentale, kitschige, bayerische, grüne Kringel an der Wand. Mein Tischnachbar greift mit tiefschwarzen Fingernägeln ans

Glas, führt es an einen lippenlosen Mund. Eine Körperöffnung. Warten auf die nächste Sekunde. Und dann zog draußen ein Orkan auf, bald schon peitschte der Regen an die Fenster, und tiefgrüne Lindenblätter flogen wirr und flatterhaft im Straßengelände hin und her. Innerhalb des Gebäudes entsteht in solchen Momenten ja diese Gemütlichkeit. Die jugoslawische Bedienung stemmte die Hände in die Hüften und stierte empört aus dem Fenster. Da zahlte ich und trat auf die Straße hinaus, alle rannten durcheinander und versuchten, den herumfliegenden Gegenständen auszuweichen, Fensterrahmen, Lindenäste, Telefonhäuschengriffe, Zeitungskästen, Blattwerk, Stoßstangen, Zaunteile, Lederstiefel und so weiter, kreuz und quer, das war vielleicht ein Unwetter, und ich stieg in mein Automobil, stellte das Radio an und startete den Motor.

Jaime. Jaime ist Mexikaner. Braune Bartstoppeln bedecken fast das ganze Gesicht, die Haare hängen in fettigen Streifen in die Stirn, die, von der Sonne gegerbt, wie ein ledriger Apfel, braun und grau, von vielen Zuckungen der Vergangenheit erzählt. Jaime ist noch jung. Er steht unruhig vor seiner Strohhütte am Ufer des Rio Grande und blickt hinüber ans andere Ufer. Es gibt ja immer zwei Ufer, ein rechtes und ein linkes, oder leiht man sich da die Himmelsrichtung? Ist der Fluss eine Grenze, kenn ich mich aus. Manchmal erwacht man in einem hellen Zimmer und kennt sich nicht mehr aus. Weiße Mäuse sehe ich kaum. Weiße Hunde sehe ich auch kaum. Weiß ist doch keine richtige Farbe. Schauns, ein Weiß lasse ich einfach nicht an mich ran. Weiße Gänse sind vielleicht schön. Weiße Schwäne sind bestimmt schön. Weiße Blumen sind obszön. Weißes Mehl ist staubig. Weiße

Milch ist kühl. Weiße Waden sind erbärmlich. Weißbier ist nicht weiß. Weiße Autos leuchten im Berufsverkehr, wenn alles den heimischen Trögen zuströmt, sich die Wampe voll zu schlagen, nach getaner Arbeit schmeckt's am allerbesten, was! Wenn das Idiotenkarussell des Tages zum Stillstand gekommen ist und man auf das der Nacht umsteigt. Im Feinrippunterhemd kopfschüttelnd Nachrichten hören.

Kuck mal, Else, was dat für Idioten sind.

Manche mögen ja nur ein Schweinernes, eine halbe Sau in der Semmel, alles andere ist doch kein Essen.

Hol mir doch noch 'n Bier, Else.

Jetzt hab ich doch irgendwie gelesen, dass über den Hopfen weibliche Hormone in den Körper eindringen und zu einer Busenbildung beitragen, im Graßlfinger Moos hätte ich mir gerne mal ein Haus gekauft, aber ich hatte überhaupt kein Geld nicht, schließlich studierte ich noch. Eine einmalige Gelegenheit, dachte ich mir, ein kleines Häuschen war es, mit einem windschiefen Schuppen und traurigen Fenstern. Die Dachziegel wie zurechtgekämmt, und der Gartenzaun war schon vollständig in die Natur hineingewachsen, hier wohnen, mit den zornigen Hügeln und dem torfigen Boden, blauschwarzer Torf, teilweise trotzen kleine, eingefallene Gemäuer der Zeit, und die Pferdeäpfel auf der Fahrbahn zwingen so manchen BMW-Fahrer zu Schlangenlinien. Da diese ländliche Gegend in günstiger Anbindung zur Autobahnverbindung Stuttgart–München liegt, gibt es auch jede Sauerei in erträglicher ReichRichtungSchattenWeite, und Licht tanzt in diesem Zimmer, mein Schreibtisch ist aus Holz. Erle, ein schnell wachsender Baum, der bevorzugt in Feuchtgebieten gedeiht, das Holz ist mittel- bis schwachhart und weist stellenweise eine mahagoniähnliche Maserung auf, weswegen es früher bei Restaurationsarbeiten gerne als Mahagoniersatz verwendet wurde. Ach wo. Bin ich temperaturabhängig? Ich denke ja. Zu kalt ist so schlecht wie zu warm. Da haben wir's wieder. So kann's nicht gehen.

Mein Freund Jaime und das andere Ufer. Immer sehnt er sich nach dem anderen Ufer. Stundenlang fixiert er einen Punkt am anderen Ufer, als würde der sich mal verselbständigen, vergrößern, Konturen annehmen. Erstarrt in dieser blöden Hoffnung, ist ihm, wie allen Mexikanern, lediglich eine vollständig entspannte Haltung des Gewehres eigen, eine doppelläufige und abgesägte Flinte, die weich und zärtlich in seiner Hand liegt. Jaime wäre ohne seine Waffe ein bedenkenloses Individuum. Seine Wanderungen auf der verhassten Seite des Flusses unterliegen einer eigenartigen Strenge. Der Sand auf seinen Stiefeln ist ihm nicht recht. Sie sollen schwarz glänzen und seinen Schritten Festigkeit verleihen. Eine Beschmutzung der Stiefel durch Sand ist das erste Anzeichen, dass etwas nicht stimmt. Obwohl mein Magen in diesem Moment auch Pferdefleisch nicht verabscheuen würde, sofern ich es hinunterbrächte, war ich nie am Besitz eines Pferdes interessiert. Wer sich heutzutage ein Pferd kauft, erklärt sich mit den herrschenden Zuständen einverstanden. The wild side of life? Wen kann denn heutzutage der Besitz eines Pferdes weiterbringen? Diese störrischen Esel, die ja keineswegs das Format eines wirklich störrischen Esels haben. Nun hatte ich noch nie die Gelegenheit, Pferdefleisch zu essen, und gegenwärtig sehe ich auch keine Möglichkeit dazu. Ein junges Mädchen lernt reiten. Sie lernt auch die Liebe zu einem Tier und überredet den Vater, einen Zahnarzt, zum Kauf eines Pferdes. Der Bitte wird entsprochen, und so befindet sich das junge Mädchen im Besitz eines eigenen Pferdes. Stunde für Stunde verbringt sie mit dem geliebten Tier, das Foxtrott oder Salina heißen könnte, und es wird gestriegelt und geliebelt, nicht zu vergessen die Stallatmosphäre. Ja, Eigenarten hat es auch, keins ist wie das andere, und der Papa schnauft jedes Mal durch, wenn der Tierarzt da war und es beim Beschlagen blieb. Ist der Papa Versicherungshändler, geht es finanziell leichter, natürlich ein englischer Sattel, diese Cowboyspinnerei, und im Glanz der Schaftstiefel kreischt die Sonne, und der Geruch, den das Mädchen nach Hause trägt, beruhigt auch den Zahnarztpapa wieder. Ja soll das Kind den Crack nehmen? Sollte mich in nächster Zeit ein sexuelles Erlebnis beschleichen, muss ich ernsthaft eine vorzeitige Ejakulation befürchten.

drunken sailor

chlorophyllhaltiges szenarium
fahrräder mit rockschutz
kieselwege gesäumt von
braunen grasnarben keine
schwertlilien blaues unkraut
schlammt zum fluss der
vorbeizieht und kühle verspritzt

gebüsche ballen blattwerk
schilder hineingerammt

holzbänke mit dank dank
hügel strömen nach rechts
stumpfe blütenluft greift
nach den organen die
bereits offen liegen

zeitungspapier geknüllt
die schwere des mantels
stemmt sich gegen das gras
zerknitterte gesichtszüge
aus der vogelperspektive
schwarze finger umklammern
eine rotweinflasche

drüben das andere Ufer

Ein Wilderer wäre ich gerne geworden. Residieren hätte ich gerne an einem kleinen Waldsee mögen. Da hätte ich meine täglichen Waschungen in Ruhe vollziehen können. Ein Körperteil schneidet ins Wasser, schließlich flackert das Wasser vom weißen Körper weg. So kommt mir das in den Sinn. Die spärliche Behaarung im Wasser verklebt, irgendjemand, nein Rosa besucht mich. Ich zeige ihr meine Hütte, meine Waffen und das gesalzene Fleisch. Rosa berichtet von der Welt. Ich höre ihrem Mund zu, die Lippen bewegen sich nicht synchron zu ihrem eigenartigen Dialekt. Eine Frau geht mir ab hier draußen, sage ich. Ach geh, hier bleibt doch keine, sagt sie. Ich find schon eine, sage ich. Einen Schmarrn wirst finden, einen Schmarrn, mit deiner Holzhütt'n und deinem kriminellen Status. Sie ist wirklich unerbittlich und trägt eine Cordhose. Zieh dich aus und zeig mir deine weiße Haut. Fang nicht schon wieder an, sagt sie. Heutzutage ist ein Wilderer eine arme Sau, sage ich. Wie wohl dieser Waldsee aus dem Boden gestiegen sein mag? Das ist schön, wenn du so was sagst, sagt sie. Da habe ich die Freiheit der Formulierung und dort Zement um meine Eier. Es laufen lauter Fiberglasmonster rum, transparent bis auf die Chips, und sie vermehren sich, dass ich mit dem Abmurksen nicht mehr nachkomme. Hie und da noch eine Wildsau, aber selten. Und deine romantischen Reherl gibt's gar nicht mehr, sage ich ihr streng, dass d'dich gleich auskennst.

Esmeralda ist eine Sexmaschine. Ein weiblicher Roboter. Esmeralda beugt sich weit nach vorne und gibt den Anblick ihres Afters und der Vaginafurche frei. Esmeralda deutet einen Geschlechtsakt an. Jaimes Glied erigiert sofort, und er dringt in Esmeralda ein, das wär's. Jaime ist übrigens in den After eingedrungen und schleudert sein Sperma in die künstlichen, aber darauf vorbereiteten Gedärme. Esmeralda verarbeitet das Sperma, Spermien werden nach einer gentechnischen Qualitätskontrolle selektiert, die Wertigkeit über einen Rechner, der über Funk an ein weltweites Netzwerk angeschlossen ist, ermittelt. Jaimes Sperma ist geeignet. Bei Eignung Lagerung. Die Analyse ergab zwar ein überhöhtes Aggressionspotential, der Computer empfiehlt jedoch die Kreuzung mit einer kubanischen Mulattin, ideale Konstellation, man erwartet eine außergewöhnlich mathematische Intelligenz mit gleichzeitig überdurchschnittlicher kreativer Neigung. Das Einsatzgebiet des gezüchteten Wesens wird die Raum/Zeit-Forschung sein. Esmeralda leitet die Daten an den Zentralrechner weiter, der die Spermien sofort anfordert. Die Befruchtung findet in einem Labor in Südspanien statt und gelingt auf Anhieb. Die Zufälle der

Fortpflanzung hat sich der Mensch lange genug gefallen lassen. Die Entwicklung Esmeraldas war zum Beispiel mit einem Jahresbudget der französischen Armee realisierbar. Esmeraldas haben erheblich zur Steigerung der Lebensqualität beigetragen. Insbesondere der der Männer. Die Frauen züchteten sich nach anfänglichen Problemen mit der Entwicklung eines Esmeraldos mit Esmeraldas Hilfe Sexmaschinen aus Fleisch und Blut. Der erste Kontakt mit einer Esmeralda (der Name wurde von einer führenden Werbeagentur, die einen weltweiten Wettbewerb ausschrieb, kreiert. Berücksichtigt wurden vor allem phonetische Gemeinsamkeiten und Valenzen der noch verbliebenen 5 Weltsprachen) ist übrigens staatlich verordnet. Im Alter von 19 Jahren werden die jungen Männer von einem Institut angeschrieben, das sich interessanterweise aus dem früheren Kreiswehrersatzamt herausgebildet hat. Ein Fragebogen, der die sexuellen Neigungen im Besonderen berücksichtigt, garantiert die korrekte Programmierung der Esmeralda. Es finden dann zwischen fünf und zehn Kopulationen statt. Nach der Auswertung der Spermien werden brauchbare, aber nicht sofort verwertbare Spermien in flüssigem Stickstoff tiefgefroren. Ich träume zu viel. Die Schwärze der Nacht ist hereingebrochen und hat das Zimmer überwältigt.

Colonel Chapman wird schon kommen. Ein exakter Mensch, zackig und kraftvoll. Das blau rasierte Gesicht ist kantig, und die Augen stechen aus dem Schädel wie Blasen kochender Milch. Das Haar ist grau und kurz geschoren. Colonel Chapman trägt seine Ausgehuniform, nur in Ausnahmefällen, in extremen Ausnahmefällen, tritt er im Kampfanzug auf. Colonel Chapman referiert gerne über das Universum.

Glaubt nicht, dass unsere Scheißerde nur ein kleines Kügelchen ist, das auf einem unsichtbaren Band seine Bahnen zieht, glaubt nicht, dass unsere Erde nicht der Mittelpunkt, sondern nur ein Atom, ein Teilteilchen des Universums ist. Stillgestanden! Was hat man euch gelehrt? Was sollen Galaxien sein? Eine Sammelbezeichnung für alle selbständigen Sternsysteme außerhalb unseres eigenen Milchstraßensystems? Quatsch. Galaxien sind Hirngespinste.

Ich müsste einen Waldspaziergang machen. Aber deutscher Mischwald? Krank und tot hängen die Bäume ihr Zweigwerk in die Luft, der Waldboden ist übersät mit braunen Nadeln, man sinkt mit jedem Schritt knöcheltief ein. Einige Nadeln sind schwarzbraun. Lichtungen gibt es nicht mehr, denn das Licht kann fast überall ohne nennenswerten Widerstand durchscheinen. Es riecht auch nicht mehr so gut wie früher. Keine Paarhufer zu sehen. Vereinzelt trifft man auf Förster, die sehr eigenartig rumschleichen. Noch sind sie bewaffnet, aber die Blicke und die Gesten sind so unsicher, so ängstlich und hilflos, dass sie jeden Kontakt meiden. Spricht man sie direkt an, indem man beispielsweise hinter einer schweren Linde unvorangemeldet hervortritt und sie so überrascht, winden sie sich in Verklausulierungen und hetzen erschreckt von dannen. Fragen, die Gewerbesteuer betreffend, werden so im Keime erstickt. Weniger kontaktscheu sind andere, buntere Menschen. Diese Gattung ist allerdings noch verwirrter, sie eilen plan- und ziellos umher und befriedigen sich hie und da hinter einer schmalen Fichte mit Hilfe eines pornographischen Magazins. Das könnte nun schon die ein oder andere Frage beantworten. Tja.

Eine Zeit lang erkennt der Körper die mangelnde Nahrungszufuhr nicht an, ignoriert sie. Eine Zeit lang wird sie, die mangelnde Nahrungszufuhr, mit irgendwelchen rechts- oder linksdrehenden Säuren ausgeglichen, schließlich wird eine Zeit lang überschüssiges Fett verbrannt, und dann beginnt es auch dem Körper zu dämmern. Ein kleiner Granitbrocken schwimmt in meinem Magen. Ich hege den unbegründeten Verdacht, dass es sich gar nicht um wirkliche Materie handelt. Doch kann ich auch das Gewicht fühlen. Wie soll ich denn mit einem Granitblock im Leibe in der Bewegung geschmeidig bleiben? Alles muss bewiesen werden. Ich habe es schon des Öfteren erklärt: Beweise bringen nichts, Beweise sind Mathematik, und da 1 + 1 mathematisch beweisbar auch 0 ist, und ich möchte jetzt kein Gemaule hören, kann man auf diese Mathematik auch scheißen.

Dr. Fast, wie lautet Ihre Diagnose?

Hm.

Dr. Fast, ich bitte Sie.

Nun mal langsam, mein Freund, kein Grund zur Besorgnis.

Dr. Fast ist ein attraktiver Vierziger mit einem rachitischen Rückgrat. Frauen legen das als eine in einen sexy Hintern mündende – weich geschwungene – Rückenlinie aus, und das treibt mich natürlich zum Wahnsinn. Sein Gesicht ist schmal und äthiopisch, die Haare fallen in filigranen Linien hinter den Ohren ins Bodenlose, eine Graumeliertheit wurde durch Färben unterbunden. Sein

Gürtel aus schlammfarbenem Leder schlenkert um eine nicht vorhandene Taille, und das weiße Poloshirt wirft gewaltige Falten, fast Furchen.

Dr. Fast, ich habe mich dieser eingehenden Untersuchung unterzogen, um Gewissheit zu haben.

Dr. Fast schlendert hermeneutisch ans andere Ende des Zimmers.

Niemand hat irgendeine Gewissheit.

Gut, dass er mich nicht nochmal «mein Freund» genannt hat. Ich habe ein gespaltenes Verhältnis zu Ärzten.

Organisch sind Sie völlig gesund. Mal abgesehen von den Hämorrhoiden im Anfangsstadium und den schlechten Leberwerten sind Sie kerngesund. Wenn Sie möchten, dass wir eine Magenspiegelung …

Nein, danke.

Was könnte denn eine Magenspiegelung schon zutage fördern.

Wer sagt denn, dass ich stark bin? Bloß, weil mein Schwanz jeden Morgen hart und brennend die Unterhose zu einem Zelt aufspannt? Lass ihm doch das Aufbegehren, denke ich mir und marschiere ins Bad, meine Waschungen zu vollziehen. Ach, ein wenig Laub zusammenrechen, und ich schnaufe schwer. Vier-, fünfmal die Treppe rauf und runter, und ich denke ans Kotzen. Und kaum beruhigt sich mein Atem, schleichen sich die Vorgaben wieder ein. Jetzt ist eine Anstrengung sowieso nicht mehr möglich. Ohne Nahrung. Sofort tritt ein Schwindelgefühl ins geistige Treppenhaus, das sich von den Eiern bis zum Hirn hinaufwendelt. Jaime prüft seine Hütte. Guten, braunen Tequila in der schweren rechten Hand. Ein Schluck, und der Killerblick ist wieder da. Mit zwei, drei leichten Schritten krachen einige Kakerlaken zu einem Häufchen karamellartigen Breies zusammen, und Jaime kann bis zum letzten Lungenhärchen durchatmen. Er bricht aus der Enge seiner Hütte ins Freie und hört das nahe Rauschen des Rio Grande. Springfische zischen kreuz und quer aus dem Wasser. Und doch sieht der Fluss aus, als wäre er gar nicht real, als würde eine Horde Brüllaffen einen länglichen blauen Pappkarton durchs Bild schieben und dazu säuseln wie Wind und Wellen. Jaime hat dieses Gefühl oft. Die Dinge um ihn herum, reine Staffage. Er sieht sich das Land näher an, genauer. Im Osten schwelt Rauch, aufsteigender Qualm von brennenden Hütten, Schmorgestank flackert den grauweißen Himmel hinauf, es wird dunkler. Steinige Hügel, bespickt mit kleinen brennenden Hütten und braunen Gebüschen, die wohl auch bald von den Flammen erfasst werden, dazwischen gelber Sand, mexikanischer Sand, aufgeraut von unsterblichem Unkraut mit gezackten Blättern, das überall wächst und das nicht mal die Pferde fressen.

Beschreiben Sie eine Rotzglocke, und ich sage Ihnen, ob Sie ein Dichter sind. Ich wollte aber keine Rotzglocke beschreiben.

Die gemeine Winterlibelle, Sympecma fusca van der Linden 1820, ist nach kalten Nächten morgens von Raureif überzogen, wird im Sonnenschein jedoch wieder aktiv.

Bei Winterbeginn verfällt sie in eine Kältestarre. Sie kann dabei nachweislich Temperaturen von bis zu −17 Grad Celsius überstehen. Die Paare setzen sich in Tandemstellung zur Eiablage auf im Wasser schwimmende, abgestorbene Binsen- und Schilfhalme. Man glaubt gar nicht, was in solchen Tierchen steckt. Betrachten wir nur mal die Augen, große Komplexaugen, die sich aus einer Vielzahl von Einzelaugen zusammensetzen. Das können bis zu 30000 sein. Die Ischnora pumilio Charpentier 1825, die kleine Pechlibelle, kann man zum Beispiel in wassergefüllten Fahrzeugspuren finden, sie taucht wie aus dem Nichts auf und verschwindet ebenso schnell, wenn der Lebensraum, beispielsweise durch Austrocknen, nicht mehr vorhanden ist. Ja, ja, Libellen, einst gefürchtet und geächtet, nehmen heute als zuverlässige Indikatoren für intakte Biotope eine führende Stellung ein.

Das Buschwerk auf der anderen Straßenseite wird immer schütterer, eine bunte Postkarte hat sich im Gestrüpp verfangen und zittert im Wind. Reihenhäuser und Doppelhaushälften bilden den Horizont, von dem einst Kolumbus eine ganz andere Vorstellung hatte. Einige haben sich einen Atombunker gebaut, staatlich bezuschusst, wenn man sich verpflichtet, im Ernstfall soundso viele Personen mit einzulassen. Wenn der Pilz aufsteigt, sich in die Höhe bildet, hat der glühende Wind bereits eingesetzt, Druckwelle, Sogwelle, soundso viele Megatonnen, soundso viele Personen müssen eingelassen werden, sonst ist der Bau eines Bunkers steuerlich uninteressant. Trockenmilch hält wahrscheinlich zehn Jahre. Ölsardinen fünf. Der Stahlbeton aus deutscher Herstellung hat eine garantierte Standfestigkeit von 125 Jahren, der Bunker ist ja im Boden versenkt, da müsste die Bombe schon sehr nah einschlagen, da wir jedoch nicht zentral liegen, ist dies unwahrscheinlich. Erst soll's einmal krachen, und dann möcht ich sehen, wie die das kontrollieren wollen, wen ich reinlasse und wen nicht. Das Finanzamt wird's ja dann auch zerreißen, das möcht ich sehen, wie die dann die Steuer nachfordern. Die Peripherie hat ihre Vorteile, weswegen auch die Grundstückspreise anziehen. Im gesamten S-Bahn-Bereich von München liegt der Quadratmeter Bauerwartungsland mittlerweile in atomarer Höhe, jeder Frisör, der nicht blöd ist, makelt doch heutzutage. Ein zweiwöchiges Kurserl, und schon weiß man, was eine GFZ ist, schon kann man den Leuten sagen, wie das Finanzamt zu bescheißen ist. Anlegen, Leute, wer weiß, was morgen ist.

Rein in die Metzgerei, ein paar Kalbsbackerl, die sind in jedem Fall, das heißt auch bei Stallhaltung, durchblutet und versprechen maximale Fleischqualität, nur nicht zu lange schmoren lassen, das braucht es nicht. Für ein Rindsgulasch kommt nur Wadenfleisch in Frage. Im Anbraten liegt das Geheimnis begraben. Braten Sie zu streng an, kann die Soße bitter werden, braten Sie zu schwach an, kriegt sie, die Soße, keine Konsistenz. Bitte drauf achten!

Durchgelöcherte Dächer an jeder Straßenecke. Der Wind pfeift in jedes Dach und hebt die Dachstühle knirschend aus ihrer Vergessenheit, streckt das Gebälk knackend in eine neue Zeit hinein. Ein paar Nägel schießen heulend aus dem Holz, wenige davon finden den Weg ins Freie. Andere müssen auf dem Dachboden auf ein anderes Finale warten. Am schlimmsten trifft es die, die es nicht herausgepresst hat. Sie bleiben in der Enge des modrigen Holzes. Eingezwängt wie ein Kind.

Könige

Ich war nie im Kindergarten. Mein Vater, obwohl selbst sehr rabiat von seinem Vater erzogen, schlug mich kaum. Einmal ließ ich ein Schnitzel anbrennen, weil ich las. Die frisch geweißte Küche versank in schwarzem Rauch, und er warf gleich die ganze Pfanne aus dem Fenster und zog mich an den Haaren. Mein erstes Rad ohne Stützen war ein gebrauchtes Herrenfahrrad. Es war viel zu groß, so musste ich unter der Herrenstange im Stehen hindurchtreten. Ein anderes Mal verschüttete ich 5 Liter oranschene Mennige in unserem Hof. Da hat's natürlich gepatscht. Ich hatte jeden Tag einen Platten. Da lernte er mir schließlich das Flicken, das konnte ich also schon mit 5. Nun bin ich plötzlich eine Madonna, nein, eine Madonna tröstet mich. Ich wollte doch liegen bleiben in meinem Saft, in meinem Dreck. Das Lesebuch in der Schule hatte einen Heini. Heini fällt hin. Hi, hi. Ich hatte aber zum Ausgleich schöne Buntstifte, um die man mich beneidete. Außerdem war ich ein wüster Raufbold. Die Lehrerin empfahl meiner Mutter, mich Sport treiben zu lassen, um die Aggressionen abzubauen. Da ich aber bereits jeden Tag meines Daseins auf dem Fußballplatz verbrachte, wusste auch sie keinen Rat mehr. Die Ratlosigkeit war geboren. Ein Wolkenbruch brach auch damals schon herunter und schüttete alles zu. Älteren Frauen wogte auch damals beim Atmen schon schwer die Brust. Ich hatte mich in den Schulchor geschmuggelt, und man hat es sofort bemerkt. Du nicht, Heini! Das Turnsäckchen ist mir in Erinnerung, ein weißes Leinensäckchen zum Zubinden. Einmal habe ich als Fünfjähriger aus Wut in ein hölzernes Tragerl des elterlichen Apfelsaftbetriebes gebissen. Schau dir das an, sagte meine Mutter zu meinem Vater, man kann die Abdrücke der Zähne sehen. Bei mir ist alles gelb. Im Gelb ist nichts und alles. Man erreicht ja keine Ordnung, ohne Gelb. Jeden Sonntag gab es Schweinsbraten. Der Fernseher lief ab 10 Uhr, und mein Vater aß mit Hingabe den Schweinsbraten. Nachmittags gab's das Formel-1-Rennen. Winter wie Sommer. Im Sommer wurden schwere Samtvorhänge vorgezogen, um die Sonne zurückzuschlagen. Mein Vater trug die langen Unterhosen bis in den Juni hinein. 1973 oder 74 gab's autofreie Sonntage. Da sind wir zu Fuß ins Graßlfinger Moos gegangen, zum Kegeln. Ich durfte auch ab und zu eine Kugel werfen. Zu dieser Zeit wurde ich auch konfirmiert. Man schenkte mir PUMA-Fußballschuhe mit gelben Streifen. Und ein Radio.

Was sich im Laufe der Zeit zu einem Pfeil zusammengespannt hat, muss jetzt wieder auseinander gepflückt werden. Hoppala, was kommt denn da daher. Badewanne, voll mit heißem Wasser, sehr viel Fichtennadelextrakt, Sportteil der Süddeutschen. Dann Schneiden beim Rasieren und schließlich Nichtfinden des Automobiles, Folge eines hemmungslosen Rausches, also Gehen zum Bahnhof. Auf dem ganzen Weg Erschlagen durch die Schönheit des Tages. Ein Radfahrer, Klingeln, weil Gehen auf der Straße. Bahnhof in Sichtweite, Fahrkartenkramen in sämtlichen Taschen, zu feig zum Schwarzfahren. Warum eigentlich? Der Bahnhof selber brachte keine neuen Erkenntnisse, Krawatten auf dem Weg zu Siemens, Zigarettenstummel zwischen den verlogenen Gleisen. In der S-Bahn schielte ich hinter meiner Sonnenbrille unentwegt an den Schenkeln einer spröden Endzwanzigerin hinauf, bis sie es doch bemerkte. Dann sah ich eben zum Fenster hinaus und sah Gartenzwerge in diesen todöden Wochenendgärten an mir vorbeifliegen, mein Blick blieb an diesen Zipfelmützenkönigen inmitten ihres Kraut- und Rübenreiches hängen, und ich fragte mich, warum. Das Mädchen erinnerte mich an Angelika. Angelika mochte mich wegen meiner wilden Augen. Ich machte ein Picknick mit ihr. Wir tranken eine Flasche Wein, und dann zog ich sie aus. Ich werde nie den Anblick ihrer nackten Beine auf der karierten Decke vergessen. Wir liebten uns zwischen den ungestümen Weizenhalmen. Die Schnacken hatten mir den ganzen Arsch zerstochen und ihre Fingernägel meinen Rücken.

Wie gerne würde ich das nochmal überleben. Brackwasser brackwasser zwischen den schenkeln heißer ton auf nassen mündern wangengetümmel und das treffen der haare trocken und holzig ströme orten im rücken muskel fingerkuppen pressen glatte lange haut schweiß und pole in händen verlorenheit der sinne rhythmus körper drängeln kleben im raum brackwasser abgefallen zu asche. Wir leben in einem schönen Haus, in einem Ort mit zwei Tankstellen und einem Pfefferminzmuseum. Halleluja. Unser Bürgermeister ist ein Sozi, aber kein echter. Wo ist der letzte Ort. Im Keller. Ständig Wut, dass ich am liebsten in der Garage rumspringen möchte, bis ich mir die Birne irgendwo anschlage. Ungeduld ist eine schöne Tugend. Warum man mir kein Radio gönnt, ist mir bis heute ein Rätsel. Nix funktioniert bei mir. Einmal wird mich schon die Wut packen, und ich werfe alle Geräte hinaus, durchs geschlossene Fenster, in diese senfgelbe Scheinwelt außerhalb meines Bewusstseins. Dass sie auch senfgelb werden und zu einem stinkenden Haufen zusammenschmelzen. Über den Zaun werden Tennistermine vereinbart. Alle vierzehn Tage das Auto ausgesaugt.

Meine Tochter ist vier Jahre alt und nimmt Klavierunterricht bei einer Russin, eine sehr nette Frau. Spricht sähr starken Akzent. Das ist cä, das ist dä, das ist ä, chast du verstanden?
Nicken meiner Tochter.
Gut, was ist das?
cä
Gut, sähr gut, was ist das?
dä
sähr schen, das?

ä
nochmal
ä
nein, dä ist, nochmal dä, dä wie Dom, kennst du Dom?
(Kopfschütteln meiner Tochter)

Das sind alles so Sachen. Als Kind schlief ich oben im Heu. Unten knarrte plötzlich die Tür auf, und der Bauer führte eine Sau in den Stadel herein. Ein gewaltiges Tier. Nach einigen beruhigenden und liebevollen Worten nahm er einen Vorschlaghammer mit einem langen Stiel und drosch damit auf den Schädel der Sau, hoch schwang der schwere Hammer durch den Raum. Ich war noch gar nicht richtig wach. Er traf sie nur am Ohr. Da wurde aus dem Grunzen ein Quieken, ein Gebrüll, und die Sau fing an, wie eine Furie durch den Stadel zu stampfen. Der Bauer rannte um sein Leben, und mein Herz schlug wild gegen meine Ohren. Zwischendrin drehte sich der Bauer immer mal wieder um, ließ die Sau herankommen wie einen Stier und drosch wieder auf sie ein, wieder daneben, so war sie ja kaum zu treffen. Ich sah den Hammer durch die Luft schwingen und das Blut spritzen, immer wieder. Die Sau wurde immer wilder und die Kräfte des Bauern schienen schon zu erlahmen, da traf er sie an der Schulter so schwer, dass sie zu Boden musste, jetzt konnte er mit fünf, sechs Hieben so viel ausrichten, dass sie sich nicht mehr bewegte und er den finalen Schlag ansetzen konnte. Ein Massaker. Blutüberströmtes Schweinefleisch, Zucken. Die Sau zuckte, und ich zuckte. Noch zwei Stunden danach. Habe ich kein Recht auf Sublimierung?

Warum diese Grobheiten in meiner Erinnerung?

Neuerdings gieße ich meinen Garten mit einem neumodischen Apparatgerät. Ein stielartiger, chromblitzender Fortsatz des Schlauches, manuell regulierbar mit Bügelschnapparretierung und noch weiteren Ingenieurleistungen, und das Ganze strengt beileibe nicht so an wie zwanzigmal die Gießkanne rumschleppen. Aus Freude am Gießen.

Warum giaßtn de Bluma, Papa?
Weil de Durscht ham.
Ham de Bluma Durscht, Papa?

Zuerst hatte ich einen billigen Schlauch, einen grünen. Dünn und überhaupt keine Konsistenz. Da habe ich aber geschaltet und einen neuen gekauft, gelb und allerbeste Qualität. Ich möchte den Schlauch unter den Schläuchen, erklärte ich dem Fachverkäufer, der hat sich vielleicht zerrissen. Das ist meine Rache an der Gesellschaft, weil man mich konditioniert hat. Hätte man mich in Frieden gelassen, hätte ich mir auch was aufbauen können. Ha. Sei nicht blöd, draußen scheint die Sonne. Die Erziehung ist als etwas Ganzheitliches anzusehen. Wir haben den Religionsunterricht gehabt, und einmal im Jahr weihnachtet es tatsächlich, und zwar immer früher. Christbäume kann man ja heutzutage schon ab Ende Oktober kaufen. Ich bin auch immer so spät dran mit den Geschenken, da muss meine ganzheitliche Erziehung einen Sprung gehabt haben. Es gibt ja zu einem humanistischen Gymnasium keine Alternative. Die humanistische Bildung alleine schafft die Grundlage, die komplexen Kausalitäten der menschlichen Existenz zu einer Persönlichkeit, geprägt von Bildung, Kultur und Güte, man darf natürlich den mathematisch-naturwissenschaftlich ausgelegten Bildungsstätten nicht unrecht tun. Was sind wir denn in Deutschland ohne unsere Ingenieure? Made in Germany! Stellen Sie sich doch Deutschland mal ohne Mercedes Benz vor. Oder ohne unsere Autobahnen, unlimited, oder ohne Messerschmitt, oder ohne unseren Maschinen- und Anlagenbau.

Oder ohne Lufthansa.
Oder ohne Franz Beckenbauer.

Der Kaiser!

Gut, dass gerade eine Fußballweltmeisterschaft stattfindet. Kohl und Clinton auf der Tribüne, Kohl zieht sein Sakko aus. Das Feinrippunterhemd schimmert durch das unverschämt weiße Hemd direkt in mein Wohnzimmer, von Amerika herüber, da soll man nicht nachdenken können. Berti Vogts ist ein konservativer Mensch. Rubenbauer redet zu viel, Deutschland spielt nur mit einer echten Spitze, die Hitze führt zu vorzeitiger Übersäuerung der Muskeln, verletzte Spieler werden mit einem Golfwagen vom Platz transportiert, was sehr unterschiedlich bewertet wird. Maradona hat kein Doppelkinn mehr. Ein Eigentor ist tödlich. Alles weint. Die Ehre der Nationen. Staatspräsidenten machen die Aufstellung. Superstars. Deutschland scheidet aus, Vogts go home und aus, Schimpf und Schande und das weiße Feinrippunterhemd. Kaum schreie ich: ICH BIN EIN SILBERRÜCKEN, schon kommt ein Streifenwagen: Spinnens nicht so und hörns mit der Schreierei auf. Schließlich werde ich festgenommen, ich schreie ihnen den Streifenwagen zusammen, die Menschen außerhalb des Streifenwagens lachen, weil sich die Beamten die

Ohren zuhalten, der Fahrer braucht aber mindestens eine Hand zum Fahren, da hält er sich nur ein Ohr zu, aber halt das verkehrte. Den Führerschein könnens mir nicht nehmen, weil ich zu Fuß geschrien habe, weil ich zu Fuß schrie. On foot.

Dr. Fast, können Sie sich diese Halluzinationen erklären?

Hm.

Herr Doktor, Sie haben mich sechs Stunden untersucht.

Wann genau, sagten Sie, treten diese Wahnvorstellungen auf?

Das hab ich doch alles schon gesagt. Ständig, Herr Doktor, ständig.

Der Mediziner wirft seine Stirn in ärgerliche Falten.

Mit solchen Aussagen kann ich nichts anfangen, ein wenig präziser sollten Sie schon sein. Was halten Sie von einem Drink? Sie haben doch ein wenig Zeit, oder?

Also gut.

Platzwunden brennen den ganzen Tag. Meine Haut ist sehr empfindlich. Brachyzephal renne ich umeinander, manche Leute sehen mich verwirrt an, ängstlich sogar. Meine Schreie sind hart und heiser, mein Lachen ist laut und kehlig, und meine Haut reagiert. Überall gerötete, juckende Stellen. Der Wind flitzt um die Häuserecken, so geschwind, dass ich kaum nachkomme, Lippenpressen. Die CSU fordert eine schärfere Gangart bei der Ausländerpolitik. Ich fordere die Abschaffung der CSU. Halt, nein, das geht ja auch nicht, weil wir dann in Bayern fast 70% Republikaner hätten. Ein Horrorszenarium ersten Ranges, ein Konglomerat des Schreckens. Der korrupte Streibl Max wird wieder aus seinem Grab geholt und in Hermelin gehüllt, vorher sterben die Führer verschiedener kleiner rechter Splitterparteien im Kugelhagelkampf um die Königskrone, von Murnau aus wird das bayerische Gebirge systematisch gegen den ausländischen Feind gesichert. Der Stoiber hat auch kurz aufgemuckt, aber für einen König ist sein Gesicht zu spitzig. Fenster auf und tief durchschnaufen.

Morgen soll die Sonne scheinen, sagt der Wetterbericht. Nach acht Zigaretten brauch ich ein Bier, um die Geschmacksnerven zu neutralisieren. Ich will ein Doppelhaus, mindestens. Habe ich nicht 300 Quadratmeter oberbayerischen Grund und Boden verdient, warum nicht? Ohlala, Unterlagen soll ich schon durcharbeiten, ich soll schon dafür sorgen, dass die bayerische Wirtschaft mit der gesamten ausländischen Welt akzentfrei kommunizieren kann, sogar mit den Arabern. Das schon, gelt. 1871, Eintritt Bayerns in das Deutsche Reich. König Ludwig II. blieb nur der Kaiserbrief. Das Bier lässt man uns noch, das Bier soll man sich noch leisten können. Dennoch werden aus den traditionell und logischerweise 0,5 Liter fassenden Halbegläsern schleichend 0,4-Liter-Glaserl gemacht. Auch Weißbiergläser werden derart verunstaltet. Ein solches Weißbierglas fühlt sich an wie eine welke Banane. Mein Reisepass gehört der Bundesrepublik Deutschland, Massen, Fonse! Massen nennt man den Anschub beim Eisstockschießen. Der Erste versucht, möglichst nah an die Daube (Holzstück, das neuerdings aus Plastik ist) zu kommen. **Massen, Fonse!** ist also der Aufruf an einen gewissen Fonse (Alfons), den Anschub zu leisten. Ich muss aus dem Stuhl gefallen sein. Es ist 4 Uhr und 39 Minuten auf meiner Uhr, die 10 Minuten vorgeht, und bald könnte es hell werden.

Es hätte nachts wenigstens in Ruhe regnen können, einmal wieder in Ruhe regnen können. Nicht einmal ein Omnibus fährt vorbei. Folgt man den Menschen auf der Straße, drehen sie sich verängstigt um. Keine Sehnsucht, keine Erwartung, nur Angst. Sie wollen alle in ihr kleines Indianerzelt und ein Rauchpfeifchen saugen. Blattläuse in meinem Hals. Das müssen Blattläuse sein. Anders gibt's das nicht.

Hier in Pasing hat man ja alles. Noch im dunklen Mittelalter von den Schweden überfallen und auch sonst mehrfach niedergebrannt, ist Pasing heute eine Einkaufsstadt. Der Hugendubel hat den kleinen Fiebig schon vor Jahren gefressen. Ich war auch schuld, weil auch ich die größere Auswahl des Hugendubels schätzte. So ging der Buchhändler Fiebig also auch durch mich kaputt. Wir haben in Pasing einen eigenen Viktualienmarkt, eine ganz und gar altmodische Kaufhalle und einen starken Konkurrenzkampf unter den Bäckereien.
Bezeichnend ist auch, dass die Straßenbahn in Pasing umdreht. Dieser Kilometer vom Parkplatz der Post zum Hugendubel macht mich jedes Mal ganz fertig. Am Bahnhofsvorplatz stehen die Alkoholiker in zerlumpten Gewändern und starren mich an. Alles rennt, wer nicht rennt, fährt Auto, oder Fahrrad. Weiter Richtung

Westkreuz zwitschern die Vögel, das Gras wächst stundenlang gemütlich vor sich hin, die Bäume räkeln sich urig in einem Wind, den man nicht spüren kann. Es donnert munter eine S-Bahn vorbei, transportiert sicher und komfortabel junge und alte Menschen aus der Stadt in die Vorstadt, wo sich die Menschen noch mit Seife waschen. Ach so, da war doch noch die mit dem gelben Pullover. König Alkohol alleine hab ich es zu verdanken, dass ich sie schließlich über mich gestülpt spüren konnte. Da war sie plötzlich eine ganz andere, hemmungslos und ungezwungen, drei Stunden vorher saß sie noch ganz unbeteiligt an unserem Tisch. Weitere drei Stunden vorher hatte ich zwei schneebedeckte Äcker überquert, weil ich ein Abkürzungsmensch bin. Fast bis zu den Knien waren meine Hosen schneeverstockt und stanken faulig unter dem Tisch herauf. Man rechnete mich damals außerdem einer Gruppe von Separatisten zu, die für ein epikureisches Künstlerdasein ohne jeglichen Leistungsnachweis eintraten. Genauer gesagt hielt man mich für den Anführer dieser Separatistengruppe, die dem Staat durchaus auch militant gegenüberstand. Das stimmte natürlich in keiner Weise. Die meisten Leute wollen ja nur von ihren eigenen Problemen ablenken. Ich hatte nie eine höhere Position inne, von einigen kurzzeitigen Erhöhungen einmal abgesehen, die das unweigerliche Streben nach Anerkennung mit sich bringt. Ich war für zwei Tage der König von Pasing, weil meine Zündapp die schnellste war. Bis dann eine Kreidler kam. Ich war der König der Säufer, als ich in völliger Anmut ins Schilf fiel. Ich war der König des Urwaldes, als ich eine kranke Fichte niederbog, um mit der Wipfelspitze das Geschlecht einer Negerin zu streicheln.

Jeden Abend stand ich vor dem Spiegel und suchte meinen Bart. «Rasieren», sagte mein Freund Hardy, «du musst dich rasieren, dann wächst er schneller!» Er hatte schon richtige Stoppeln. Wir besuchten beide ein Knabengymnasium.

Sie hieß Fluchs, und sie hatte von allen Lehrerinnen die allerschönsten Beine. Wir waren ganz paralysiert von diesen Beinen. «Mensch», sagte Hardy, «stell dir die mal vor.»
Ich stellte sie mir vor.

Chemie war mein schwächstes Fach. Lehrerin war Frau Fluchs. Bei den Diavorführungen wurde das Klassenzimmer abgedunkelt, und sie stand zwischen dem Projektor und mir und bediente das Gerät. Ich sah ihre Beine neben mir. Sie hatte Nylonstrümpfe an, die den Lichtschimmer von der Leinwand reflektierten. Eine Mischung von Parfüm und Schweiß dampfte durch diese Nylonstrümpfe.
Als die Stunde zu Ende war, lief ich zur Toilette und onanierte in einer der Kabinen, stehend.

Dann hatten wir Deutsch. Wir lasen Schiller, Verbrecher aus verlorener Ehre. Ich starrte auf die vergilbte Kopie.

«Nicht einschlafen, Link, Schiller schadet auch Ihnen nicht.»

Ich wurde in die Fußballauswahl der Schule berufen. Für das Training und die Spiele gab es Unterrichtsbefreiung. Hardy wollte auch rein, aber er war zu schlecht. «Scheiße», sagte er, die haben doch keine Ahnung.

Ich hatte ein Mofa. Es hatte einen nicht zulässigen, leistungssteigernden und schlecht funktionierenden Vergaser. Auf dem Nachhauseweg von der Schule starb mir der Motor und ich stand am Straßenrand. Ein Auto hielt an, und sie stieg aus: «Na, wo fehlt's denn?» Als ob sie vom ADAC wäre.

«Es ist der Vergaser. Ich krieg das schon wieder hin, nett, dass Sie angehalten haben.»
Sie lächelte, stieg wieder ein und fuhr weiter. Dann ging ich zweimal um das Mofa und trat gegen den Motor, wodurch ich mir einen Bänderanriss im Knöchelbereich zuzog.

Der Fuß schwoll an. Abends machte ich mir Alkoholumschläge und legte das Bein hoch. Zwischendrin versuchte ich, den Fuß in eine Wanne mit eiskaltem Wasser zu stellen. Daraufhin steigerten sich die Schmerzen drastisch. Meine Mutter wollte mich ins Krankenhaus fahren, aber ich wollte in kein Krankenhaus.

Gegen Mitternacht wurden die Schmerzen schlimmer, und ich hüpfte auf einem Bein in den Keller und holte mir zwei Flaschen Bier. Daraufhin wurden die Schmerzen noch ärger. Ich trank das erste Bier in 5 Minuten, das zweite hinterher in weiteren 10 Minuten.

Dann musste ich pinkeln. Dann nahm ich eine leere Bierflasche, dann beugte ich mich zur Seite, öffnete meinen Reißverschluss und pinkelte in die Flasche. Dann verschloss ich sie mit dem Kronenkorken, den ich vorher wieder geradebog. Dann schlief ich ein.

Gegen 4 Uhr wachte ich vor Schmerzen und mit einem Druck auf der Blase auf. Ich pinkelte in die zweite Flasche und sehnte den Sonnenaufgang herbei. Um sechs Uhr brachte ich die beiden Flaschen in den Keller. Ich entleerte sie in einem Waschbecken, bevor ich sie in den Träger zurückstellte. Die Schmerzen waren kaum auszuhalten.

Um halb sieben ließ ich mich von meiner Mutter zu unserem Hausarzt fahren. Der Arzt bog das Bein in alle Richtungen, ich grunzte wie ein Schwein.
«Vermutlich Bänderanriss, ich muss Sie überweisen. Stellen Sie sich auf einen Gips ein.»

Man nannte mich Krücki und hielt mich für verrückt. «Hey, mach doch blau!», sagte Hardy, und die anderen nickten. «Dafür kriegst du mindestens 4 Wochen. Und mittags treffen wir uns im Blauen Affen.»

Ich bekam viele Verweise, aber ich fälschte die Unterschrift meiner Mutter. Einmal schmiss ich einem Mitschüler meine Holzschlappen nach. Sie verfehlten ihn und trafen unseren Mathelehrer an der Schläfe. Er wurde mit einer Platzwunde ins Krankenhaus gefahren, und ich bekam einen Direktoratsverweis. Der Schulleiter war ein netter Mann:
«Gut, ich glaube Ihnen, dass es keine Absicht war, aber Ihr Strafregister! Ich kann Ihnen das nicht durchgehen lassen.» Er gab mir den Verweis mit. Ich unterschrieb ihn zu Hause, während ich ein Wurstbrot aß.

Einmal wurde ich in eine Disco-Schlägerei verwickelt. Als ich am Boden lag, wurde ich mit Stiefeln bearbeitet. Sie trafen mich überall, am Kopf, am Rücken, an den Schienbeinen. Ich wachte auf, als ich hochgezogen wurde. Ich wurde zum Eingang geschleift und die fünf Stufen der Eingangstreppe hinunter auf die Straße geworfen.

Es war Nachmittag und ein herrlicher Tag. Die Sonne schien mir auf den Rücken. Die warme Sonne. Mein Atem wurde ruhiger, ich bewegte mich nicht. Ich sah die Poren des Teeres, Zigarettenstummel und das Papier einer Kaugummiverpackung.

Mein Blut lief von der Schläfe über die Backe auf die Nase und tropfte von dort rhythmisch auf den Teer.

Ich ging zu meinem Mofa und fuhr heim. Das Blut trocknete im Fahrtwind an meine Haare.

Sechs Wochen vor Schuljahresende bestand keine Aussicht, die Versetzung in die 10. Klasse zu erwirken. Ich wurde besser. In Religion schrieb ich einen Aufsatz: Liebe deinen Nächsten – Ein leeres Wort oder Hilfe und Rettung.
Ich gab 15 Seiten ab. Der Religionslehrer war begeistert und bedrückt.

Dann ging das Schuljahr zu Ende. Die Abiturienten feierten den Abschluss mit einem Fest auf dem Schulhof. Es waren eine Menge Mädchen da. Ich holte mir ein Bier und setzte mich auf eine Bank, in günstiger Reichweite zu einem der Aschenbecher, die von der Schulleitung eigens zu diesem Anlass aufgestellt worden waren.

All die Mädchen mit ihren engen Jeans und knappen Blusen. Es gab auch Musik, eine Schülerband.

«Na, Kleiner, ich glaube, du hast heute genug.»
«Komm, gib mir noch eine.»
«Kommt nicht in Frage, dann liegen uns noch die besoffenen Kinder in der Gegend rum.»

Eine Blonde fiel mir besonders ins Auge, weil sie einen verdammt kurzen Rock trug. Ich stellte mir vor, wie sie mit dem Typen neben ihr im Bett lag. Sie spreizte die Beine weit, und er schob mit seinem faltigen Hintern seine Lenden zwischen ihre Beine. Sie musste laut aufstöhnen und zerwühlte ihm die Haare. Ich war gerade dabei, sie umzudrehen, als mich eine Hand an der Schulter fasste, Frau Fluchs.

Sie setzte sich neben mich,
«Was machen Sie denn hier?»
«Ich schau mir das nur mal so an.»
«Na, wie geht's dem Fuß?»
«Alles wieder bestens.» Ich hob wie zum Beweis den Fuß und drehte das Gelenk.
«Schön.» Sie hatte ein Glas Sekt in der Hand und nippte daran.
Ich sah sie an, während sie in die Menge sah. Sie hatte ihre Beine übereinander geschlagen, und ich konnte durch die Bluse erkennen, dass sie einen BH trug. Sie wandte sich wieder mir zu und sah, dass ich auf ihre Brust sah.
«Sie wissen, dass Sie durchfallen werden?»
Ich nickte: «Ja, ich werde durchfallen.»
«Scheint Ihnen nichts auszumachen?»

«Das würd ich nicht sagen, ich bin schon mal durchgefallen, und irgendwann wird's ja mal eng.»
«Ich muss Ihnen in Biologie auch eine 6 geben.»
«Ist klar», sagte ich. In Chemie hatte ich eine 6, in Biologie immerhin eine Tendenz zur 5.
«Warum tun Sie denn nicht mehr?» fragte sie, «ich glaube nicht, dass es an Ihrer Intelligenz liegt.»
Ich nahm einen Schluck von meinem Bier.

«Erst vor ein paar Tagen habe ich mit Herrn Röthig über Sie gesprochen, er ist auch der Meinung, dass Sie einfach nur faul sind.»
«Ich weiß. Religion ist mein bestes Fach.» Ich musste lachen, Religion war zusammen mit Sport mein bestes Fach.
Ich beeilte mich zu sagen:
«Ich glaube, er hält ziemlich viel von mir wegen eines Aufsatzes über die Nächstenliebe.»
«Er hat es mir erzählt», sie nippte wieder an ihrem Sekt.
Ein anderer Lehrer entdeckte sie und nickte ihr zu. Sie hob ihr Glas zum Gruß.
«Wie viel haben Sie denn schon getrunken?», fragte sie.
«Es ist das zweite.» Ich nahm noch einen Schluck.
Es trat eine Pause ein, und ich hatte Angst, sie könnte aufstehen und wieder gehen, also sagte ich:
«Ich hoffe, ich habe Sie nächstes Jahr wieder.» Das fand sie nett, sie lächelte so nett.
«Was sagen denn Ihre Eltern zu Ihren Leistungen?»
«Sie wissen es nicht.»
«Sie wissen es nicht?»
«Nein, sie sind beide berufstätig und kümmern sich nicht viel um mich.»

«Und Ihre Verweise?»
«Ich fälsche die Unterschriften.»
Es schien sie nicht besonders zu schockieren. Sie blickte wieder in die Menge.
Ich wollte sie am Arm berühren. Sie fing meine Bewegung elegant ab und sagte:
«Ich möchte nachher mit Ihnen darüber reden. Kommen Sie in fünf Minuten in den Biologiesaal.»
Ich zündete mir eine Zigarette an: Was will sie denn über diese verdammten Verweise reden, das Jahr ist doch gelaufen?

Der Seitentrakt des Gymnasiums, in dem sich der Biologiesaal befand, war ein nachträglich angebauter, hässlicher Flachbau, steril wie ein Krankenhaus. Auf dem Weg ging ich noch in die Toilette, nahm einen Schluck Wasser und gurgelte. Dann ging ich schnellen Schrittes Richtung Biosaal. Niemand war zu sehen. Die Tür zum Biologiesaal war angelehnt.

Ich ging rein und schloss die Tür hinter mir. Sie saß an ihrem Pult, stand auf, ging an mir vorbei und sperrte die Tür ab. Sie nahm mich an der Hand und ging mit mir in den Raum hinter dem Unterrichtssaal. Sie war etwa so groß wie ich. Mitten im Raum drehte sie sich plötzlich um und küsste mich. Sie schob ihre Zunge tief in meinen Mund, drückte meinen Körper an den ihren.

Glühende Lava.

Ihre Zunge wild in meinem Mund. Ich spürte ihre Brüste und ihre Schenkel. Sie nahm meine Hände und legte sie um ihren Hintern. Sie verschlang mich.

Dann schob sie mich etwas von sich weg und öffnete mir die Hose. Ihre Finger waren dünn und hart und kalt an meinem Schwanz.

Dann löste sie sich von mir, ging ein paar Schritte zum Schreibtisch, währenddessen ließ sie ihren Rock fallen. Sie trug keinen Slip. Sie knöpfte ihre Bluse auf. Ich sah sie an. Sie war eine richtige Frau, ihre Beine waren die einer Frau. Ihre Hüften waren die einer Frau. Ihre Schambehaarung kam mir gewaltig vor.

Ich zog meine Hose aus, während ich ihr nachsah. Sie stand mit dem Rücken an den Schreibtisch gelehnt. Der aluminiumfarbene Nagellack ihres Fingernagels blitzte aus ihren Schamhaaren. Ich bekam den linken Fuß nicht aus der engen Jeans und ging schließlich mit der Jeans am Fuß zu ihr.

Es waren nur ein paar Schritte, und ich konnte die Luft des Raumes an meinem steifen Glied spüren. Sie empfing mich und ließ mich gewähren. Sie musste etwas nachhelfen, weil ich mich nicht auskannte. Sie atmete schwer und wollte mich ein wenig bremsen.

Dann explodierte ich.

Ich explodierte.

Meine Beine zitterten wie bei einem epileptischen Anfall. Sie zog mich an sich und drückte mich ganz fest, immer fester, ich wusste gar nicht mehr, wo ich mich festhalten sollte, aber ich wusste sowieso gar nichts mehr. Sie lag jetzt fast auf dem Schreibtisch und umklammerte mich mit ihren Beinen. Ich stützte mich mit beiden Armen auf dem Tisch ab und spürte, wie es warm um meinen Penis wurde. Dann ließ sie mich langsam los.

Ich dachte: entjungfert! – und schlotterte wie ein geschlagener Hund!

Ich bekam in Biologie und Chemie eine 6 und fiel trotz einer Eins in Sport und Religion mit einem Notenschnitt von 4,2 durch.

Sie schickten mich in den Ferien zu einer Tante aufs Land. Meine Tante war eine knorrige verwitwete Dame unschätzbaren Alters.

Der Mann meiner Tante war seit Jahren tot und der Hof nicht mehr bewirtschaftet. Meine Tante verdiente ihren Lebensunterhalt mit einem kleinen Kramerladen, der das Dorf versorgte. Ein Teil des Stalles war umgebaut und fungierte als Lager für den Laden, die Scheune war an einen Bauunternehmer vermietet, der dort Dämmmaterial lagerte. Eine Gaststätte war im Nachbardorf. Ansonsten gab es eine Gärtnerei, die freiwillige Feuerwehr, einen Kindergarten und den besagten Bauunternehmer. Der Friedhof war um die Kirche herum platziert. In zwei Kilometer Entfernung war eine größere Ortschaft, die durch eine Nervenheilanstalt sehr bekannt war.

Ich reparierte mein Rad. Ich fuhr mit dem Rad meiner Tante in den Nachbarort zu einem kleinen Fahrradhändler, um mir ein paar Ersatzteile zu besorgen. Ich kaufte auch gleich dunkelblaue Farbe und Ofensilber zum Verzieren.

Nur keinen Pfusch aufkommen lassen, dachte ich mir und besah mir auch das Tretlager von innen. Den Rahmen hängte ich mit zwei Seilen an der Decke auf, so konnte ich im Stehen daran arbeiten. Ich entfernte den Rost, ich schliff und bürstete den kompletten Rahmen. Dann glich ich die entstandenen Unebenheiten mit einem Feinspachtelkitt aus und verschliff glatt, zuerst mit grobem und dann mit immer feinerem Schleifpapier, der letzte Schliff erfolgte mit 600er Wasserschleifpapier. Einige schwierige Stellen spachtelte ich nach und wiederholte die ganze Prozedur.
Ich fuhr also wieder zu dem Fahrradhändler und fragte ihn, ob er mir seine Spritzpistole leihen würde.
«Mein Junge, da brauchst du einen Kompressor.»
«Hab ich.»
«Okay, aber du musst sie mir übermorgen wiederbringen.» Er gab mir die Pistole und einige Düsen dazu, erklärte mir das richtige Mischungsverhältnis von Farbe und Verdünnung, den korrekten Druck und das ideale Auftragen der Farbe durch kreuzweise Spritzbewegungen. Jetzt war ich nicht mehr zu bremsen. Auf dem Weg zurück plante ich die weiteren Arbeitsabläufe und ließ mir für die Schutzblechhalterung eine Neukonstruktion einfallen, kein großes Problem, außer, dass ich ein Autogenschweißgerät auftreiben musste.

Alles in allem brauchte ich zwölf Tage. Ich fing morgens um acht an und arbeitete bis zum Zubettgehen. Meine Tante war voll des Lobes über meinen Tatendrang und das neue Schmuckstück. Als wir beide vor dem fertigen Objekt standen, war sie felsenfest davon überzeugt, dass aus mir eines Tages ein wertvolles Mitglied unserer Gesellschaft wird.

Die Straße zu dem Dorf mit der Nervenheilanstalt war gut ausgebaut. Rechts und links von der Straße war ein geteerter, von der Fahrbahn separierter Weg für Fußgänger und Radfahrer. Ich schaltete in den größten Gang und fuhr flott, aber ohne große Anstrengung. Es war ziemlich heiß, und rechts und links der Straße waren außerdem Felder. Der Weizen steht gut, dachte ich mir, obwohl ich nicht die geringste Ahnung von Weizen oder Landwirtschaft hatte.
Ich fuhr auf der Hauptstraße in das Dorf ein, und etwa im Zentrum war ein großes Hinweisschild. NERVENHEILANSTALT. Ich bog in die Straße ein.

Die Straße beschrieb einen Bogen und führte zur Einfahrt der Anstalt. Alles war offen. Ich fuhr einmal rum und sah mir alles an. Ich konnte weder Verrückte noch Ärzte sehen.
Und da war er plötzlich: der Fußballplatz. Mittendrin hatten sie einen Fußballplatz, Originalgröße, und spielten Fußball. Es waren vielleicht acht, sie hatten sich zwei kleine Tore, Hockeytore, aufgestellt und spielten Fußball.

Sie stritten meist. Alles entwickelte sich aus dem Zufall heraus. Der Ball sprang von Knie zu Knie, und wenn er irgendwie mal ins Tor fiel, fingen alle zu schreien an. Ein paar schrien TOR! TOR! – die anderen NEIN! NEIN! Einige pfiffen auch.

Dann fiel wieder ein Tor, und alle schrien wieder.

Ich sah zwei Stunden zu. Ich wunderte mich, dass gar keine Wärter oder Pfleger da waren. Dann dachte ich:

Na ja, vielleicht spielt ein Pfleger mit, und man merkt es gar nicht ...

Sie spielten bis um 5 oder 6 Uhr abends, gingen vom Platz in ein Gebäude, das sie einfach verschluckte.

Am nächsten Tag fuhr ich wieder hin. Ich nahm mir vor mitzuspielen.

Ich gab ihnen Namen: Taube, Drifter, Lola, Dribbler, Schnecke, Wurz, Hirn und Franz.

Franz passt auf Drifter, Drifter legt sich den Ball vor und geht steil, er wird von Schnecke angegriffen, herrlich wie er rechts an ihm vorbeizieht, jetzt ist der Weg frei .... was macht er denn, er zieht noch immer nach rechts ... und stürzt, ohne Feindeinwirkung, Schnecke kommt wieder näher, Drifter liegt noch immer benommen am Boden, Schnecke kommt in Besitz des Balles, passt zu Hirn, Hirn führt den Ball sicher im Mittelfeld, wird von Lola angegriffen, mit einer schönen Körpertäuschung geht er an Lola vorbei, jetzt kommt Taube, unnachahmlich, wie er Hirn angreift, Hirn passt zu Wurz, sehr schön gemacht, Wurz ist ein schneller Mann, wir sind gespannt, was er sich einfallen lässt, er wird von Taube angegriffen und passt zu Dribbler, Dribbler sucht den Strafraum, vorbei an Franz zieht er aufs Tor, da stellt sich Lola in den Weg, er geht vorbei an Lola und zieht aus 20 Metern ab. Taube rettet in letzter Sekunde (ein lang anhaltendes Raunen, das von den anderen unterstützt wird), eine sehr starke Partie von Taube heute, es steht immer noch 0:0 ....

Da trat ein Pfleger aus einem Gebüsch an mich heran. Er war ganz in Weiß gekleidet: Du machst jetzt, dass du hier rauskommst, aber fix, ich will dich hier nicht mehr sehen. Aber wieso denn, wir spielen doch nur ein bisschen Fußball. Er trat noch einen Schritt an mich heran.

Hör mal zu, Freundchen, ich sag's nicht nochmal, du schiebst jetzt deinen Arsch zu deinem Rad und verschwindest schleunigst, und wenn ich dich nochmal hier sehe, trete ich dir in denselbigen, aber kräftig, ist das klar.

Er hatte Mundgeruch.

Morgens bin ich immer so schlecht, ich meine morgens bin ich noch kein richtiger Mensch. Set me free. Da renne ich rum wie ein Monster, finster und grimmig. Man müsste mich mal filmen, wie ich morgens aus dem Haus trete. Jedenfalls bemerke ich stets den Temperaturunterschied, die Windrichtung und mein schlechtes Gewissen. Unfreundliche Verkäuferinnen beim Bäcker, das Arschloch von der Tankstelle, ich kann da nicht pfeifend rumrennen. Wer nichts hören will, dem entgeht aber auch gleich gar nichts.
Kürzlich, neulich, jüngst, letzthin, unlängst, dieser Tage sah ich einen Mann im Fernsehen, der einen überdimensionalen Luftballon aufblies, in den er schließlich reinstieg und dann rumhüpfte. Was denen alles einfällt. Bald schon ragte aber sein Kopf wieder heraus. Meine Zahnärztin verübte einen Selbstmordversuch. Hierzu fiel mir so viel ein, dass sich unmöglich ein einzelner Gedanke kristallisieren konnte, es war nur Gedankensumpf, gemischter italienischer Salat mit den greislichen Oliven

und zu großen Tomatenstücken. Ich erfuhr es auf dem Weg ins Theater, auf dem Beifahrersitz eines teuren BMW, zwischen Puchheim und Germering hindurch nach Südtirol starrend. Den ganzen Abend zerstäubten mehrere Meinungen mein Hirn.

Man muss den Frauen gefallen. Eine jede hat diesen berechtigten Anspruch, keine möchte mit einem Surrogat ihrer Vorstellung zufrieden sein. Richtig. Wir Männer also versuchen mit Gewalt, den Frauen zu gefallen. Ich wollte einst sogar einen Rivalen niederstechen, aber ich hatte nur ein kleines Taschenmesser, das ich vornehmlich zum Öffnen von Bierflaschen einsetzte, und als mir dies bewusst wurde, bekam der Gedanke ans Niederstechen etwas derart Lächerliches, dass ich beschloss, mir die Haare schöner schneiden zu lassen. Dann traf ich mich mit der schönen Frau und versuchte, sehr englisch zu schauen, mondän, souverän und abgeklärt, aber es gelang mir einfach nicht, und sie erklärte mir, ich käme ihr spanisch vor und sie hätte noch eine Verabredung mit ihrer Freundin. Und ich konnte diesen Haarschnitt durch die Lüfte tragen. Man extrahiert sein Ich. Eine Feinstrumpfhose spannt über Frauenbeinhaut, Gewichtsverlagerung, Muskelzucken. Wenn ich morgens auf die Terrasse hinaustrete, denke ich: Aha, Sonnenschein. Und beziehe es auf mich. Die Sonne hat beschlossen, mich zu bescheinen.

Es gibt doch keine Zufälle.
Heraustreten ins Freie.
Der erste Atemzug außerhalb einer Zelle.
Der Fatalismus ist ausgedacht, erstunken und erlogen.
Der Geruch aus einem alten Schrank hat ganz und gar nichts Deprimierendes.

Um jedes Hauseck streift ein besoffener Leopard.
Einen Physiker her, der würde das anders formulieren, Zeit und Raum, die Wertigkeit von Zeitspannen, die auch nur unseren Hirnen entsprungen ist, Anfang und Ende unseres Lebens, ebenso erfunden, also auch von uns selbst erdacht und nicht wirklich real.
Auf eine Sekunde folgt eine weitere.
Alles geht von Sekunde zu Sekunde, ja, ja, aber die Sekunde ist ja auch nur eine Erfindung.

Das ist nicht meine Philosophie, das sind alles Wörter, Versuche meiner Kommilitonen, einmal wöchentlich zu philosophieren. Halt's Maul, du exemplarisches Kommunistenschwammerl. Mir hat nur der Geruch aus einem alten Schrank gefallen, und darum ranken sich diese Restwortfetzen, die jetzt ums Verrecken nicht verloren gehen wollen. Der besoffene Leopard könnte von mir sein, so schwach witzig. Den Determinismus haben sie verteidigt und mich damit in einen Rausch hineingezwungen, jeden Dienstag. Ich wünschte, ich hätte nie an diesen Sitzungen teilgenommen. Die Kreuzzüge, sagt mal, habt ihr das ganz vergessen? Eine Monarchie wurde auch angedacht, da hat's mir dann gelangt, und da war ich dann dafür, ich schlug einen Putsch vor, und man sah mich entsetzt an.

Da vorne sehe ich einen Haufen Idioten zusammenstehen, und sie rufen mir Hallööööchen zu. Ich rieche den Gestank rostiger Metallrohre. Was gibt es gegen einen Häuptling zu sagen? Nichts? Rentner versammeln sich, sie wollen wieder arbeiten, sie wollen nützlich sein, sie wollen etwas bewirken. Andere freuen sich aufs Wochenende. Und natürlich auch auf den Urlaub. Andere vögeln wie ein König, sie liegen unten. Man sah mich ganz entsetzt an, nur weil ich einen Putsch vorschlug. Leute, was ist denn schon ein Putsch angesichts der machbaren gesellschaftspolitischen Veränderungen, na? Gewalt wäre kein Thema, natürlich, Gewalt ist kein Thema. Dieser ganze Quatsch ist kein Thema, fresst Brennnesselsud und hört mit dem Philosophieren auf............................

Ich war bereits im Schloss Linderhof. Ich stand in den Räumen König Ludwigs des Zweiten. Auch meine Augen sahen in seine Spiegel. Meine Moleküle waren in diesen Zimmern existent, und meine Haut nahm Sauerstoff und den ältlichen Geruch aus den Fensterstöcken auf. Das kitschige Klavier gab keinen Ton von sich, und das Tischleindeckdich war schon seit Jahren nicht mehr betrieben worden. Das große Schlafzimmer, Bett zwo sechzig, wo er nach französischem Vorbild Audienzen abhielt, und der Touristenführer nasalierte die französischen Wörter unnötigerweise, sodass mir die französische Sprache unnötig lächerlich vorkam. Wenn der König da war, stellte man Skulpturen, ich glaube zwei eiserne Pfaue, vor die Tür. Damit ein jeder vorbereitet war. Am 25. August 1845 wurde er geboren, sechs Jahre vorher gelingen Franz von Kobell und Carl August Steinheil in München die ersten Fotos. Wir in Bayern. Karl Linde baut 1874 in München den ersten Kühlschrank der Welt. Auch die erste Stromleitung (1882 von Oskar von Miller entwickelt und von München nach Miesbach strömend) sowie die erste elektrische Straßenbeleuchtung, ebenfalls 1882, allerdings im Verbund mit Berlin, können wir aufweisen. In Schloss Linderhof wurde 1878 die elektrische Beleuchtung eingerichtet. Ebenfalls 1878, König Ludwig II. befiehlt die Entwicklung eines blaueren Blaues, die Chemiker Baeyer und Caro entwickeln einen reinen, blauen Farbstoff zur

Ausleuchtung der Linderhofer Grotte. Ludwig II. fährt mit seinem Schlitten auch das erste beleuchtete Fahrzeug der Welt. Ein Prinz!!!! Die Freude der hiesigen Einwohner aller Classen über das glückliche Ereigniß vom 25. August ist noch immer gleich rege und gibt sich unter anderem durch die Gastmähler kund, die fortwährend in Privatcirkeln und in den großen Hotels stattfinden, so die Allgemeine Zeitung am 2. September. Adalbert hielt die Taufkerze, König Ludwig I. das Kind, Paten waren der König von Preußen und König Otto von Griechenland, Letzterer allerdings abwesend. Das Kind hieß ein paar Tage Otto, da es jedoch am Ludwigstag geboren wurde, hieß man es schließlich Ludwig. Ludwig fühlte sich schon als Kind zur Literatur hingezogen. Schwärmte Ludwig seiner Mutter gegenüber hingerissen von der Literatur, verwies sie ihn allerdings auf die Differenz zwischen den Tiefen der Alltagswirklichkeit und den Höhen literarischer Ausdrucksformen. Ludwigs Erzieher betonten die Bedeutung und die Würde des Königtums absolutistischer Prägung in Relation zur konstitutionellen Verfassung des bayerischen Königreiches. Ludwig sah mit Kinderaugen in Hohenschwangau den Schwanenritter Lohengrin, wie er auf dem Rhein ins Horn stößt, um dem Kaiser sein Nahen zu künden. Später fielen die Münchener von Pasing aus nach Starnberg ein, mieteten sich an der Seepromenade ein Elektroboot und fuhren hinüber zum Berger Ufer, um das Teakholzkreuz im See, das die Stelle seines Todes markiert, aus der Nähe betrachten zu können. Was wussten diese Münchener von der Roseninsel, was wussten sie von den großen alten Keltensagen? Fett und zahnlos soll er gewesen sein, zum Schluss. Das bayerische Volk war traurig, und man setzte Kolportageromane ein, Hintertreppenliteratur, so was gibt's ja heute auch noch, 1886/87 jedenfalls, kurz nach Ludwigs Tod, erschienen in Fortsetzungsform und anonym 2616 eng bedruckte Seiten mit dem Titel: Der Weg zum Glück. Roman aus dem Leben Ludwigs des Zweiten. Autor, Lohnschreiber war Karl May. Immer wieder gibt's doch Interessantes zu erfahren. Immer wieder stürzt etwas zusammen. (Wieso denn? Mein Gott!) Durchs wilde Kurdistan stürzt zusammen. Erbarmungslos zerfällt es in die einzelnen Buchstaben, die zu einem grauen Haufen anwachsen. So bin ich halt. Ich kann gleich gar nichts dafür. Zigarettenrauchen. Eine letzte Wildheit möcht ich doch hinüberretten in mein lausiges Dasein. Jedem seine Ludwigsfahne. Eine niederbayerische Stickerei macht's möglich. Schon die Römer sammelten sich unter der Fahne zur Schlacht. Heutzutage sind es vor allem die Vereine, die beim festlichen Umzug hinter ihrer Fahne hermarschieren. Als die Mauer fiel und sich der Eiserne Vorhang öffnete, wehten die schwarzrotgoldenen Fahnen in nie gekannter Zahl. Ohne Fahne ist auf dieser Welt kein Staatsakt möglich. Und so weiter und so weiter.

Künste

Čechov, ich bin schon vorsichtig, die Gewalt dieses Namens ist mir nicht verborgen geblieben. Beim Hugendubel musste ich feststellen, dass sie seinen Namen transkribiert haben, er steht jetzt unter TSCH, worüber ich mich schon wieder aufgeregt habe, und das Buch musste ich trotzdem bestellen, und sofort lieferbar war es auch nicht. So fängt's schon mal an. Aber: Nach Hause schreite ich auf dunklen Straßen mit blutenden Beinen. Das Blut rinnt mir in die Schuhe und stockt in den Socken zwischen meinen Zehen. Das macht nichts. Das darf nichts machen. Es kommen mir jede Menge Konferenzteilnehmer entgegen, wichtige, Anzug tragende Konferenzteilnehmer. Ein jeder trägt etwas, einen Taschenrechner, einen Notizblock, einer sogar eine Karaffe mit silbrigem Mineralwasser.

Sie zeigen auf meine roten Beine, und ihr Lachen hallt zu Boden.

Habe bei Achternbusch Folgendes gelesen:
Eine ältere Frau mit einem silberfarbenen Pudel kommt mir entgegen. Die Frau ruft schon von weitem:
Du sollst nicht springen, Dandy!
Du sollst nicht springen, Dandy!
Du sollst nicht springen, Dandy!
Aber der Hund springt hoch.
Er springt nicht bei allen hoch, er springt nur bei denen hoch, die er mag.
Da pack ich den Hund blitzschnell am Genick. Ich zischte: Kuschwarda nicht mögen Hund!

Ja, der kann schreiben, und mich grinst draußen ungefragt der weiße Schnee an. Until now we have been gentle, now let us be cruel. With these words Puccini closes a letter to his librettist Giacosa. Ein bisserl Distanz schaffen, damit ich mir nicht die Pfoten verbrenne, beim Tippen von gewissen Namen. Das geht schneller, als man denkt. As usual Puccini kept a sharp eye on the authenticity of the details in his composition. Heutzutage ist das Deutsche ohne Englisch ja gar nicht mehr komplett. Cool, Mann. Eine kraftvolle Prosa, die Schroffheit der verschiedenen Kräfte anerkennend, wie bei H. H. Jahnn, Rauch steigt auf, was erlaube ich mir nur für Namen what was originally intended? Der Sommer ist vergangen, und der Winter kleidet sich unverschämt hübsch in diesem yoghurtfarbenen Schneekleid.

Meine Gedanken reißen in meinem Hirn herum wie ein Hund an einer Plastiktüte. Denken in anderen Sätzen. S-Bahn fahren, die Graffiti, die wieder übermalten Graffiti, alte Frauenbeine, Werbeschilder, der PVC-Boden, pickelige Schulgesichter, Sonnenbrillen, Rentnerhüte, dreckige Scheiben, weiße Knöchel um Haltegriffe, billige Schuhe, BILD-Zeitungen, Walkman, kurze Mäntel, Taftfrisuren, grüne Krawatten, und das ganze Geruckel und Gezuckel. Reisende auf einer Kurzstrecke. Vom Westkreuz zum Hauptbahnhof, vom Marienplatz nach Ebersberg. Fahle Gesichter und schlaffe Glieder. Schweigendes Sterben während des Transportes. Übereinanderschlagen von Beinen, aufstehen, hinsetzen, aneinander vorbeigehen, das Wackeln während des Bremsvorganges. Der Geruch von Knoblauch, Schweiß, Rasierwasser, Mottenpulver, Mundfäulnis und Verdauungsgasen schneidet durch den Waggon, Blicke zucken zu Boden, Husten, Plastiktüten, Handtaschen aus Krokodillederimitat, rote Sitze, teilweise aufgeschlitzt mit Schweizer Mehrzweckmesser. Ich speie auf gelbe Hausmauern. Gelb ist eine heilige Farbe und hat es nicht verdient, auf eine Hauswand getüncht zu werden. In dieser Scheißdemokratie darf jeder sein Haus gelb anmalen. Wissen Sie, wer sich den Slawophilen zuwandte, weil er glaubte, nur das russische Volk würde die christliche Wahrheit hüten (anstatt der Intellektuellen) und sich für die panslawistische Ideologie und einen idealen patriarchalischen Zarismus einsetzte? Dostoevskij, Fedor Michajlovič. Den soll ich lesen, während draußen kein Weiberarsch auf mich wartet? Genau. Wie soll das gehen? Und wie ich den gelesen habe. Rossini darf mir auch schon gefallen. Alleine die Tatsache, dass ihn Heine nach der Julirevolution von 1830 ironisch zum *König von Gottes Gnaden* ernannte und ihm Meyerbeer als Musiker der Volkssouveränität entgegenstellte, kann keinen Einfluss haben. Eher schon, dass er in Passy, ja das liegt vor Paris, einen Salon ganz im Geiste des epikureischen Freundschaftskultes führte. Warum nicht, fragen Sie? Oho! Richard Strauss musste ins Land, wo die Zitronen blühen. Einsam spazierend in den Caracalla-Thermen, kamen Strauss *die Gedanken nur so zugeflogen. Anregung durch Naturschönheit?* In Italien lässt es sich halt ganz anders *hinaufschmachten als nach dem aschgrau deutschen Werkeltagshimmel.* Warum nicht, fragen Sie? Ja Kruzifix. Nichts gegen Italien, nein, es muss anders formuliert werden. Der Odenwald ist auch für uns fern, und nirgends regnet's so schön wie bei uns, und wie das Gras dann duftet. Ich wohne in einer Doppelhaushälfte mit meiner Frau und meinen beiden Kindern, an der Garagenmauer hab ich Tomaten angepflanzt, und jede Woche wird der Rasen gemäht. Unkraut zupfen tu ich nicht, das ist mir zu destruktiv. Ich habe ein gutes Händchen für Bäume, ein jeder wird etwas. Meine Kirsche, Scheißvögel, und meiner Frau fällt nichts anderes ein, als dass wir halt ein Netz drübertun müssten. Ja was sind denn das für Lösungen? Die Vögel finden ja schließlich auch was anderes zu fressen. Ich brauche die Kirschen für den Atomkrieg, den man ja bei den heutigen Halbwertszeiten ohne Proviant vielleicht gar nicht durchsteht. Lasst meine Kirschen in Ruhe! Doch haben wir viel geschwitzt in diesem Sommer, Schweißtropfen in meinen Büchern geben Auskunft. Wenn nur nicht immer alle gleich eine kurze Hose anziehen würden. Das wäre einmal ein kleines Anliegen von mir. Der Sommer schnalzt herunter, und zwanzig begabte Maler hören auf zu arbeiten, weil das Licht zu gleißend ist und man lieber in den Biergarten geht. Schreiben kann man auch im Biergarten, aber nur mit dem Kugelschreiber.

Ich sah sie auf der anderen Straßenseite, weil sie so gelb war. Sofort ging ich zu ihr rüber und nahm sie an der Hand. Zwischen uns flog der Wind der Erkenntnis einer Langeweile. Dann dachte ich: Eine Chinesin muss her, dick und weiß wie ein Kühlschrank, und sah sie ebenfalls. Ich schenkte ihr eine Taube, vor der sie erschrak. «Du Wohnung?», fragte ich. Sie zog mich fort in einen Wald. Da setzte ich mich ins Moos und legte meine Faust in ihren Schoß. Rothaarige mag ich nicht, zu viele Sommersprossen, die ich alle fühlen kann. «Kruzifix», dachte ich, als ich diesen kurzen Rock sah, die Sonne schoss durch mein ganzes Auto, um mich zu verwirren. «Einsteigen», sagte ich zu ihr. Ich weiß nicht, was ich dachte, aber mehr sagte ich nicht. Ich fuhr mit 112 Stundenkilometern in den nächsten Feldweg. Hinter uns mischte sich der Staub in die höhere Luft, und die Kieselsteine tanzten. Dann bremste ich, und sie schrie in meine Haare. Am Meer in Starnberg ist die Nähe zu Andechs erdrückend und das Eis teuer. Alle wollen baden. Junge Mädchen mit spitzen Busen rennen rum. Was macht das für einen Sinn. «Stehen bleiben», sagte ich einer, weil sie alleine rannte. «Niemand rennt an mir vorüber.» Sie lachte nicht lange, ich nahm sie am Arm, aber dann wurde ich schwach und weich. Ich wollte wild sein und fiel zusammen wie ein Zelt.

Eines Tages fiel mir mein Rad ein, und ich ging die Schritte zu meiner Garage und hob das Rad heraus. Ich stieg auf und fuhr die Straße, die sich anbot, schließlich den Weg, der sich anbot, entlang. Das Rad unter meinem Arsch war sehr technisch. Alles klapperte, die Erdanziehung rüttelte diesen Eisenhaufen durch und durch und mich mit. Am schlimmsten war es, wenn mir andere entgegenkamen, andere Radfahrer. Dann schepperten wir aneinander vorüber, obskur. Bergauf dieses angestrengte Getrete, bergab diese sinnlose Konzentration. Die kleinen Steinchen, gezwickt vom Gummi der Reifen fetzt es sie in die Gebüsche wie schlecht gezielte Pistolenschüsse, und schließlich dreht sich meistens noch irgendein Zweigerl in die Antriebskette, herrgottnochmal, das kann man ja wirklich vergessen. Bin ich eine Adventivknospe?

Lass dir Zeit, hat mir Achternbusch geraten. Ich will nach Kuba. Ob da Zitronen wachsen? Dass mich die spanische Kolonialarchitektur ein wenig berührt und das karibische Licht. Kubanisches Licht schlug vom Himmel, als wir an den mickrigen und verdreckten Öltürmen am Strand von Matanzas vorbeifuhren. Aufbau einer unabhängigen Ölversorgung. Sie stellen aus Zuckerrohr alleine schon 58 Produkte her. Das kubanische Öl kann nur zu schwerem Heizöl raffiniert werden. Der Geruch des Öles hängte sich ins japanische Auto, und das nahe Meer schmiss sich immer wieder ans Ufer, verzweifelt, aber ohne Energieverlust immer wiederkehrend wuchtig. Fußgänger und Rindermist auf der Autobahn, Palmen, Palmen, Palmen, dann wieder eine Propagandatafel, socialismo o muerte, mit Fidels Konterfei, und Schlaglöcher, so groß wie ein Mofa. Meine armen blassen Arme im Wind. Den ganzen Tag lärmten Lautsprecher, und die kubanischen Weiberärsche wackelten, dass die tennisbesockten deutschen Touristen dicke Augen kriegten und für den urlaubspflichtigen, ehelichen Geschlechtsverkehr die erforderliche Phantasiegrundlage gesichert war. Von fünf bis sechs war *Happy Hour*, Drinks für die Hälfte, halleluja. Die Franzosen hielten ihr Fleisch am Swimmingpool in die Sonne. Und der weiße Strand, furchig, trutzte stur dem Meer. Rote Fahnen bedeuteten Badeverbot. Ich habe keine Haie gesehen. No cola, no ice in my Rum. No ice? No ice! Seven years old, the brown one, und schleicht's euch mit euren Minzblättern. Warm schmeichelt sich der Rum ganz anders am Zapferl vorbei. Alles kostet 2 Dollar, und Baustellenlärm kroch ins Meeresrauschen. Katzen und Hunde in gutem Zustand. In Trinidad haut sich die Sonne wie wahnsinnig aufs mittelalterliche Kopfsteinpflaster. Das höchste Haus hat eineinhalb Stockwerke und ist das städtische Museum. Ausgestellt sind zeigerlose Uhren der Jahrhundertwende sowie der Abort einer spanischen Herrschaft. Please, don't touch! In der Bar, die ich erspäht hatte, gab's nur Kräutertee, trotz eines amerikanischen Kühlschrankes von obligatorischen Dimensionen. Verbrannte und stumpfe Gesichter hinter vergitterten Fenstern, was soll man da sagen. In den Touristenläden verkaufen sie 18 verschiedene Single Malt Whiskys, die krieg ich bei uns nicht mal im Spirituosenladen. Die alte DC 3 rostete an allen Ecken und Enden. Als wir zum Rückflug, zum schlimmsten Flug meines Lebens, antraten, schaute ich mir die Schrauben gar nicht an. Rote Erde in Pinar del Rio, dem großen Tabakanbaugebiet, rot und hart wie ein Tennisplatz, und runde, grün bewachsene Berge, so harmoniebedürftig ist die Landschaft dort. Kaffee wächst neben jeder Straße. Und dann Havanna. Natürlich war ich nicht in Hemingways Bar und schon recht nicht in seinem Haus am Stadtrand. Vor den Kinos standen nachmittags um halb drei Menschenschlangen um Karten an, ich dachte erst, es wäre eine Lebensmittelausgabe oder eine Bushaltestelle. Eine Bushaltestelle wird nämlich in Havanna demokratisch gegründet. Sobald mehr als 20 Menschen in einem Haufen beieinander stehen, ist es eine Haltestelle. Bei den Bussen kann man nur von unermesslichem Fassungsvermögen sprechen. Havanna ist Hafen und das Lösen von Dampfern vom Kai. In den Hotelhallen zahlen Kanadier den Huren Sandwiches. Stellen Sie sich ruhig die Deckenventilatoren dazu vor. Überraschend noble Vororte, die noch oder schon wieder sehr amerikanisch riechen. Ich rieche es noch heute. Es blieb auch eine Diskussion, die mir erneut den Verdacht einer radikalkommunistischen Einstellung einbrachte. Dabei schenkte ich der Touristenführerin nur die kleinen Hotelseifen. Immer hält man mich für einen Kommunisten.

Oder die Wüste Gobi. Oder die Mongolei. Oder Mechiko. Der Rio Grande ist so nah, Jaime spaziert schussbereit am Ufer. Ein Fernglas wäre recht, man könnte vielleicht hinüberspähen. Chaime kann sich kein Fernglas leisten und zieht die Augen chinesisch zusammen. Er strengt sich an, weil es auch ohne Fernglas gehen muss. Zusammengekniffene Augen sind keine geschlossenen und schon gar keine toten Augen. Es geht mir mehr ums Leben als um den Tod. Tote Vögel, immer wieder setzt man mir tote Vögel vor, die mich anstarren und mir das Gefühl geben, mich unter einen Reisebus werfen zu müssen. Tote Taubenküken, tote Amseln, tote Salatschnecken, die ich aus meinem Gemüsebeet hole und in die gegenüberliegende Baustelle werfe, damit sie zu einem toten Vogel werden.

Wenn ich sterbe, soll man Wasser für die lebendigen Vögel auf mein Grab stellen. Sofern ich nicht über die Verbrennung verfüge. Sofern ich zum Verfügen Zeit habe. Sofern ich überhaupt sterbe.

Chaime! Was der jetzt wieder macht. Chaime!! Spinnerter Hund, spinnerter. Jetzt ist er schon mit einem Fuß im Fluss. Geh da raus, Chaime, Chaime! Jetzt lädt er auch noch sein Gewehr durch. Du kannst doch gar nicht schwimmen. Chaime feuert einen Schuss in den Fluss und zieht sich wieder zurück. Träume alleine sind Glas und Scherben. Ich verwende Ihnen die zweite Vergangenheit zu viel? Das kommt vom Dialekt. Meine Syntax ist privat. Hat sich je ein Frauenleib unter meinen Bemühungen aufgebäumt? Wie bin ich hingekrochen, zwischen den Beinen hinaufgekrochen mit meiner starken Zunge. Hat der Leib mein künstlerisches Unterfangen als solches interpretiert, kam das Signal vom Gehirn, ist das Signal vom Gehirn gekommen oder von wo? Eine Frau wusste mal, dass ich ein Schriftsteller bin. Sie hatte ein Sonnengesicht, während ich wie ein Schilehrer aussah, und sie kniete vor mir, wenn ich sprach, und mein Lächeln strömte durch sie hindurch und veränderte die Farbe ihres Blutes. Wir telefonierten nachts, mitternachts, wir haben telefoniert. Ich schrieb ihr Briefe mit vielen Zitaten, sogar Scheikspier und Karl May. Sie wusste, dass ich ein Dichter bin, und verging vor Freude. Trotzdem bumste sie noch mit ihrem Mann.

William Saroyan war das, der hat gesagt: *Falls ich jemals sterbe, was ich bezweifle* ... oder so ähnlich ... Ja, die Amerikaner. Ich gebe auch Bukowski zu, ich schon. Dann die so genannten Russen. Tschingis Aitmatows *Der*

Tag zieht den Jahrhundertweg. Herrjeh. Ein geiles Kamel alleine langt halt nicht. Aber der Aitmatow hatte dann sowieso keine Zeit mehr zum Schreiben, weil er den Gorbatschow beraten musste. Was schrieb der Privattheologe Cordes an den im Clara-Spital in Basel dahinsiechenden Wolfgang Borchert: *Ihr seid eine Generation ohne Bindung, insbesondere seid Ihr eine Generation ohne Gott. Das aber, was Ihr da erlebt habt, ist doch in einer Richtung gelebt, nämlich in der Bindung an Euch selbst! Jeder sucht das Seine, nicht den oder die anderen, oder gar das Glück des anderen.* Ist denn eine anfängliche Ichbezogenheit nicht notwendig? Anfangs ist doch alles nur dummes Geschwätz. Ich kenn mich nicht aus. Ich mag mich nicht auskennen. What shall we do with the drunken author, what shall we do with the drunken author, what shall we do with the drunken author – early in the morning. Frage eines Journalisten: Sie sind ein religiöser Dichter, warum verbergen Sie es?

Borchert: *Natürlich bin ich ein religiöser Dichter. Ich verberge es nicht. Ich glaube an die Sonne, den Walfisch, meine Mutter und an das Gras. Genügt das nicht? Das Gras ist nämlich nicht nur das Gras.*

Auf den Wiesen blühen vereinzelt Blumen, auch auf den Hangwiesen, das ist für die surrenden Insekten ein Segen, wir Stadtmenschen mähen ja den Rasen wöchentlich, damit ja nichts aufkommt. Jaime ist angeschossen. Er schleppt sich vom Ufer weg zu seiner Hütte. Auf der Hälfte des Weges bricht er zusammen, leblos liegt sein Körper im Sand, die mexikanische Sonne knallt gnadenlos auf seinen Ledernacken, eine Haut wie ein Leder, Jaime reiß dich zusammen, du musst den rettenden Schatten deiner Hütte erreichen. Hoch mit dir, komm schon, hoch, und lass das blöde Gewehr liegen, das nimmt dir keiner, ist das ein blöder Hund, lass es doch liegen, Jaime kommt wieder hoch, er stützt sich auf seine Waffe, taumelt zur Hütte, in die er schließlich krachend hineinfällt, dass das Strohdach zittert, wie eine Frau beim Orgasmus. Ich muss mein Auto waschen. Es steht draußen so wehrlos der Umwelt ausgesetzt. Es gibt jetzt nichts Dringenderes als das. Einmal 4b, das b steht für Insektenentfernung per Handbürste, ha, hinein in die Waschanlage, ach ja, jetzt kommen die Bürsten und decken alles zu, ein herrliches Gedröhne, drängeln sich geil an diesen Scheißkarren, und ich kann mein Radio einschalten, weil ich eine Scheibenantenne von ungeahnter Leistungskraft miterwarb, die durch die ganze Technik der Waschanlage hindurch Kontakt zum Ääääääther bekommt. Was ich alles noch lesen möchte. Ein Hubschrauber schmettert über meinem Kopf, über unserem Haus zieht er seine Kreise, als ob es so selbstverständlich wäre, wie ein Bussard auf Mäusejagd, wo ist mein Luftgewehr? Nein, Entschuldigung, ich tu's ja wieder weg, bleib doch da, erhebe mich.

The magical sound of the panpipe. Das magische Geräusch von der Pfannenpfeife. Im Eifer des Gefechtes wurde jetzt diese Werbung schon zum 15. Mal gespielt. Wollen die wirklich was verkaufen? So schön kann die deutsche Sprache sein. Wir zeigen Eifer im Gefecht! Die Zinsentwicklung darf nicht an mir vorübergehen. Schließlich geht es um meine Schulden. Mit diesen Schulden finanziere ich mein Leben als Schriftsteller. Die deutsche Mark muss sicher bleiben, wir scheißen auf den Ekü. Immobilien sind eine sichere Anlage, zuerst eine kleine

Eigentumswohnung, dann eine größere, dann ein Reihenhaus, und wer die Schnauze dann noch nicht voll hat, kann sich sogar an ein frei stehendes Haus herantrauen. My home is my castle. Das sind dann schon Summen, da ist es durchaus nicht gleichgültig, ob Ihnen die beschlipsten Schurken von der Bank 7,15 oder 6,97 % gewähren. Das macht gleich was aus, übers Jahr betrachtet. Herr Link hier und Herr Link da, ja, ja, ich bin schon noch g'sund, die wenn wüssten, wie mein Einkommen schwinden wird, wenn ich mich ganz dem Schreiben zuwende. Da werdens schauen. Herr Link, also das mit der Schreiberei ist ja ganz nett, verkaufen sich denn Ihre Bücher nicht g'scheit? Wissens, g'scheiter wär's schon, wenn Sie wieder mehr in Ihrem Büro ..., nicht? Ja dann wird's schwierig, Herr Link, sind's doch g'scheit, schauns, des bringt doch nix, Herr Link, Sie ham doch Kinder. Das Lesen ist nicht gut für die Augen. Mir fallen beim späten Lesen die Lider immer öfter herunter. Dann stemme ich sie wieder hoch. Und dann? Dann verschwimmt mir alles, die einzelnen Buchstaben werden zu einer Suppe aus Asche. Also machte ich mich auf den Weg zu einem Augenoptiker, selbstverständlich suchte ich ein führendes Haus auf. Der Herr Optiker war suprafreundlich und schlich etwas verwirrt um mich herum, ich wäre doch noch recht jung, die Untersuchung würde DM 35,– kosten, im Erfolgsfalle, das heißt, falls ich schlechte Augen tatsächlich hätte, würde mir das beim Kauf einer Brille angerechnet, selbstverständlich. Tatsächlich hatte ich schlechte Augen! Mit 33 Jahren schon fast eine Dioptrie. Augenmedizinisch gesehen habe ich einen kleinen Augenfehler, den ich mit der Kraft meiner jugendlichen Augenmuskeln den ganzen Tag ausgleiche, abends dann, beim Lesen, mögen halt aber auch diese Muskeln nicht mehr. Drum bin ich so oft eingeschlafen. Als ich die Brille abholte, musste ich gleich zwei Bier trinken, weil plötzlich alles so deutlich war. Erschreckend, wie die Waschmittelhersteller die deutsche Sprache entwickeln!

Unserer russischen Klavierlehrerin gefallen meine Bilder, eine sehr kultivierte Frau, war in Moskau am Konservatorium, das müssen Sie sich einmal vorstellen, der gefallen meine Bilder, ihr Vater hat auch gemalt, der Geruch von Öl erinnere sie an ihre Kindheit, sofort bin ich in den Keller, jede Woche hängte, habe ich gehängt, verschiedene Bilder, immer wieder was Neues, feucht habe ich sie aufgehängt, jetzt kriegt sie wahrscheinlich bald eine Wohnung, da hat sie meiner Frau gesagt, da möchte sie ein Bild von mir, am Konservatorium war die, in Moskau, die kann Klavier spielen, zahlen kann die natürlich nichts, Aussiedlerin, ein so russischmütterliches Gesicht, warm und kultiviert, klug und rein, seifensauber, niveagepflegt, schade, dass meine Mutter eine Japanerin war, ihre Schuhe hab ich mir angesehen, die hat einen Geschmack, erst ein paar Monate ist sie da, wie die Deutsch kann, das muss der Durchbruch sein, ich hab die Erfolgslosigkeit satt, andere kaufen sich was Schönes oder waschen am Samstag ihr Auto, und ich muss mich vom Herzstechen ablenken. Russland, ich komme, ich werde erst den russischen Markt bearbeiten, schließlich kann ich sogar ein bisschen die Sprache, von der Bundeswehr ausgebildet zum Sprechfunker, Tank jedjed na Tankadromje, der Panzer fährt über den Panzerübungsplatz, Raman sidit v Tankje, Roman sitzt im Panzer, ras, dwa, dri, dschetürije, pjat, chest, sjem, wosjem, djewjet, djessjet und so weiter, dann schreib ich halt auf Russisch, die weite Steppe rüber bis nach Japan, rüber zu den Arabern und rüber zu den

Indern. Scharmützeln bringt doch nichts. Kak slüsche te menja? Ich bin für ordentliche Gefechte. Schreiben oder saufen oder Morphium. Mit Morphium habe ich keine Erfahrung. Es gibt ja heutzutage eine Menge Zeugs. Jeden Tag kehliges Atmen. Zuerst schreit jeder nach Sommer, dann passt's den meisten auch nicht, eine Hochkonjunktur wäre mir lieber, sagt mir jemand durchs Telefon, eine Hochkonjunktur wäre ihm lieber. Jaime versucht sich in der Kunst. Er trägt nasses Birkenholz zusammen und fängt an, mit dem Fuchsschwanz passende Stücke herauszusägen, einen kleinen Mexikaner bastelt er, mit einer Gitarre, hübsch Jaime, sehr hübsch, die Proportionen stimmen hundertprozentig, er muss dann nicht immer an Sex denken, sagt Jaime, und will mir die Skulptur schenken, ach wo, sage ich skrupulös, ich bin ja selber ein Künstler.

Als ich noch ein Junge war und das erste Mal verliebt, konnte ich mir gar nicht vorstellen, meine Geliebte anzurühren, sie war eine Heilige, so war ich damals, nur drücken, im Arm halten, schmusen, stundenlang saß ich mit bebenden Lippen auf einer Bank vor dem Haus, in dem sie wohnte. Später lernte ich eine kennen, die mich immer aus der Küche heraus ansah, so von der Seite, herrgottnochmal, dachte ich mir, einen jeden Sommersprossen fresse ich einzeln und die Ohrwascheln ebenfalls. Drück mich nicht so fest, sagte sie, schnauf mich nicht so an. Schnauf mich nicht so an. Ich schnauf doch nicht.

Bei Balzac geht's immer ums Geld. Das wird mir alles zu viel mit dem Scheißgeld. Bald wird es wieder Abend werden, gegessen hab ich lange nichts mehr. Meine Frau wird schon in Paris sein. Ich sitze im Wohnzimmer, eine vertraute Räumlichkeit, vor einem so genannten Notebook, das eine so kleine Tastatur hat, dass ich mich dauernd vertippe. Seit gestern hatte ich kein Herzstechen mehr. Draußen fliegen die Tauben um unser Haus, mit diesem flagflagflagflag Flügelschlagen. Zwischen den Zeilen sinke ich in den Stuhl hinein. Schnaps. Mein Notebook versagt! Das darf nicht wahr sein. Verfluchte Technik. Kann er es auch riechen? Wer er? Geht er in ein Haus, riecht er eben etwas anderes, Essensgeruch, Waschpulver, Menschenausdünstung oder kalte Fliesen. Ich sehe die Stelle, dorthin pinkelte Moritz in seiner Aufregung als kleiner Mann, der in die Welt zu gehen hat. Keine Unverständlichkeit, keine Erleichterung bringt dieser Blick. Langsam füllt sich jedes Zimmer mit Zigarrenduft. Ein Häuschen in Südtirol wäre ganz nach meinem Geschmack. Jeden Morgen die Axt in den Hackstock wuchten und sich die Brust mit kaltem Gebirgswasser einreiben, jaahhhhh. So eine Holzhütte in den Bergen. Umgeben von stacheligen und kantigen Felsmassiven, ausgewaschen von Sonne und Wind, auf einer Höhe mit den Kumuluswolken, ich bin nämlich ein Romantiker, und das Abendrot würde sogar meine Frau stimulieren, und der schwere Rotwein und die klare Luft würden in meinem Hirn wie eine Brausetablette sprudeln. Im Winter würde das Wasser in den Leitungen einfrieren und das Holz im Kamin knacken, sodass man dem Sommer keine Träne nachweinen müsste. Man könnte in den Schnee brunzen, und das Blau der Kälte würde einem an die Gurgel gehen, und irgendwas oder irgendjemanden könnte man lieb haben. Vielleicht die Kunst. Ich hab dich 25 lieb, sagt meine Tochter immer. Die Bösen hat sie nur 1 lieb und mich 25. Ein Felsengelände würde sich links heranschleichen und direkt am Ohr vorbeiziehen, der Rauch von Italien herüberwehen, Eisbären keine, warum auch, glitzerndes Eis sähe man den ganzen Mittag, Wildnis ist einfach nicht der richtige Ausdruck, da doch eine Ordnung herrscht, eine mathematische, aber nur wenn man sich bemüht, es so zu sehen. Da müsste man keine Geranien gießen. Ringsherum Berge, man steht praktisch zwischen Bergen. Was ich nicht verstehe, ist, dass niemand weint. Vermutlich eine latente Aufforderung, noch ein bisschen draufzulegen. Ja ihr Lackl!

So ist die Welt. Schwer saufen und schwer aufwachen ist mein Hobby. Den ganzen Morgen restalkoholisiert taumeln. Diese Restalkoholphase, erstens hat man ständig einen Steifen, man ist sozusagen erotisiert vom abklingenden Rausch, und zweitens springen die Hirnwürste, diese weißen Darmgebilde, Springginkerl, Michaela liebt jetzt einen Akademiker, aber keinen Diplomkaufmann, einen Geisteswissenschaftler, der das vielleicht auch schon mal miterlebt hat. Ich hau jetzt einfach ein paar Gedichte hin. Fazit? Ich höre? Farbe der Seele? Geschlecht der Seele? Fahrgestellnummer der Seele. Erstzulassung. Maximal mögliche Zuladung bei einer Steigung von 12%. Standgeräusch in Dezibel. Nächste Hauptuntersuchung?

Fragen:
Was will ich zum Beispiel in Kairo?
Gar nichts.
Was will ich in Sri Lanka?
Gar nichts.
Was in Miami?
Überhaupt nichts.
Eschnapur vielleicht?

Was soll ich mich von den Gerüchen einer fremden Stadt durcheinander bringen lassen. Ich sitz doch gern in meinem Provinznest in drohend naher Distanz zu München. Ja! Kontraste erheben sich aus dem ordinären Farbensumpf, Bilder entstehen. Wo sich sonst eine Leere im Bauch bäumt, ein Nichts im Gehirn schlendert, regt sich Wärme und Helligkeit, und wenn ich mit den oberohrgebogenen Enden meiner Brille überlegend an meinen Lippen vorbeistreichele, merke ich, dass da ganz empfindliche Nervenspitzen angesiedelt sein müssen. Schmerzkitzeln, Schwammerlbücher legen sie mir im Dutzend vor die Füße, H.H. Jahnns «Fluss ohne Ufer» kann ich mir in die Haare schmieren. Gottfried Benn gibt's nur gebunden und ab neunzig Mark. Es mag schon sein, dass Besitztum eine problematische Angelegenheit ist, aber bei Büchern kann ich nicht davon abrücken, ich möchte meine Schäfchen um mich haben, Herrgott, man muss ja auch mal was nachschlagen können, nachts um halb vier. Die modernen Schriftsteller leiden nicht mehr so, sagte der Literaturpapst. Sie werden wahrscheinlich auch nicht mehr so schnell krank. Zum Beispiel die Erkrankung der Atemwege. Fällt heutzutage bei Schriftstellern statistisch gesehen kaum mehr ins Gewicht. Man leidet einfach nicht mehr so. Nehmens mich, ein bisschen Herzstechen, fertig. Was mir auch auffällt bei den jungen Literaten, sie sind nicht mehr so intellektuell. Ich bin wenigstens konservativ. Bei den unsrigen habe ich bei Walther von der Vogelweide angefangen. Man muss Göthe ein wenig in die Mitte nehmen. Ob heutzutage bei den Dichtern noch so gesoffen wird, kann ich schlecht beurteilen, ich bin jedenfalls konservativ. Na ja. Ein Kollege von mir schreibt mit harter, lauter, rhythmischer Musik aus dem Kopfhörer. Sollte ich das auch versuchen?

Hahaheyju, Indianer und Dummdurummdurumm, Hey Babang leckts mich am Arsch Schnaps her Damm damm damm ein Weiberarsch ein Weiberarsch zappen, ich muss zappen zeng zeng zengzereng Komma schleck schleck ein Magnum oder eine Muschi Der Bäcker Beck Beck Beck hängt sein Oarsch ausm Fenster und sächt des wär a Weck Weck Weck … Hoppsalalalala ....

Gar nicht so schlecht, nein, doch nicht, ich bin wenigstens konservativ. Ich bemühe mich jetzt schon seit 2 Seiten um ein retardierendes Moment, um ein konservatives, und es haut nicht hin. Kleist soll impotent gewesen sein, wundert mich gar nicht. Wem Beobachtungs- und Erkenntniszwang gegeben ist. Kafka, kafkaesk. Gottfried Benn:

Rönne wollte nach Antwerpen fahren, aber wie ohne Zerrüttung. (Sehr gut!)

Ich habe mir seine Briefe achtzigmal durchgelesen und begreife es nicht, jeder weiß, was ich meine, Entschuldigung. Ach ja, ich wollte ja keine Schriftsteller erwähnen. Könnte ja schon wieder Rauch aufsteigen. Es ist alles so aufregend. Eine Sykomore ist ein ostafrikanischer Feigenbaum, der wertvolles Holz, aber nur als Viehfutter verwertbare Früchte liefert. So etwas gibt es also auch. Wer sucht sich heute schon die Schriftstellerei aus. Kranke Hirne, süchtige Hirne, schwache Hirne, geseifte Hirne, geschundene Hirne, verlogene Hirne, verlappte Hirne. Eine Kopfoperation fördert bei einem Dichter vier schwere, nasse Putzlumpen zutage. Man wringt die Lumpen trocken, versucht vergeblich, einige Fussel zu entfernen, und legt sie wieder in den Kopf, anschließend passt man den Schädeldeckel wieder sauber ein, verlasert alles. Der Dichter erwacht aus der Narkose und wendet sich zusätzlich der Malerei zu. Er beginnt mit großen Formaten und experimenteller Technik. Nach seiner ersten Ausstellung lässt er eine weitere Operation nicht mehr zu. Das ist Realität. Hoffnung ist was anderes. Einen Tango, und das kann schon sein, dass der aus Argentinien kommt, kann sich jeder zu Eigen machen. Mit einem leichten Küchenstuhl ...... Doch Tanzen ist ja nicht schön, wenn es draußen stürmt. Da wünscht man sich doch warme Pantoffeln und ein Glas Whisky vor dem Kaminfeuer! Es ist immer das Gleiche: keine Auswege, nur Irrwege.

Buchmesse Frankfurt – Ein Besuch

Von München nach Frankfurt geht ein ICE. Obwohl man im Speisewagen nicht rauchen darf, steige ich ein. 13 000 PS bringen mich nach Frankfurt, zur Buchmesse. Bücher, Bücher, Bücher. Mit mir im Zug sitzen achtzehn Zahnärzte, die jedoch in Mannheim aussteigen. Ich lese ein Buch. Von Frankfurt aus fahre ich nach Darmstadt, wo mich Freunde erwarten. Man gewährt mir Quartier. Wir trinken eine Flasche Wein, mindestens. Es wird viel los sein, schwadronieren wir. Dann reden wir über den Wein. Ich denke an all die Bücher und wie es in diesen Büchern zugeht. Wie es in diesen Büchern zugeht. Am Morgen war es doch spät, schnell Zähne putzen, Katzenwäsche und auf die Socken machen. Sie rücken näher, die Bücher. Ich sehe lauter Hochhäuser und dann eine Figur aus Eisen, die einen Hammer schwingt. Wir sind da. Flugblätter und Bazar. Gürtel aus Kenia, T-Shirts aus Shanghai. Lauter Menschen. Einer mit Cowboystiefeln und komischer Frisur. Er geht in Halle 6, Belletristik, ich folge ihm. Neben mir geht eine junge Frau mit einem grünen Kleid, es ist die Frau meines Freundes, sie lotst mich. Endlose Gänge, Laufband. Wir sind da, Halle 6, Belletristik. Mein Rucksack wiegt eine halbe Tonne, aber nur wegen des darin verborgenen Buches. Ich greife um die Taille meiner Begleiterin und schiebe sie in den ersten Gang. Zweitausend Farben blenden uns. Jetzt wird's ernst. Ich schaue nach links: *Es geht um Jesus*, dann nach rechts *Bauernhöfe im Vorarlberg.* Wir gehen mit all den Leuten mit. Es ist wie auf der Autobahn, wir werden überholt. Dann längeln sich Arme in den Strom. Prospekte haltend. Ich brauche kein Prospekt, mein Rucksack wiegt eine halbe Tonne. Titel über Titel: *Alfa Romeo Seriensportwagen, Geflügelgerichte für Genießer, Verlustobjekt Erde.* Ich sehe Frauen in Strumpfhosen. Aha. Und Kaffeetassen. Das Buch schneidet mir zwei Striemen in die Schulter, dabei haben wir noch nicht mal einen Gang. *Heute am Stand: Monika van Paemel, ab 11.00 Uhr.* Ich sehe niemanden. Da, rechts, *Scheidung, wie ein Kind sie erlebt, Geldwerte Vorteile.* Dann bleibe ich stehen: *Bücher mit großer Schrift.* Ich sehe Hemingway, *Fiesta*:

Am nächsten Morgen schien die Sonne, und die Straßen der Stadt wurden besprengt, und wir frühstückten alle in einem Café. Bayonne ist eine hübsche Stadt. Wie eine sehr saubere spanische Stadt, und liegt an einem großen Fluß.

Das haut mich um. Wir gehen wieder. Ich sehe Gustav Mahler auf einem Foto. Hätt ich mir anders vorgestellt. Dann wird's gelb. *Langenscheid. Sachwörterbuch zur Europäischen Union.* Einem Vordermann wird der Geldbeutel geklaut, ich will ihn warnen, aber ich kann nicht. Ich greife wieder um diese grüne Taille und schlage Würstchen vor. Natürlich Frankfurter. Sie sind dünn und biegsam. Über die Semmel sage ich nichts. Ich schiebe das dünne Würstchen in meinen Hals und schaue meiner Begleiterin zu. Sie macht meinen Rucksack auf und stopft Pullover und Prospekte hinein. Es ist ihr zu warm. Man ist ja nicht zum Vergnügen da. Weiter geht's. *Dichter und ihre Frauen, Musik nach den Gesetzen der Natur, Negerküsse.* Alles sieht so edel aus. Dann kommt ein anderer Stand. Ausgestattet mit Sackleinen. Sackleinen, da bin ich mir sicher. Die Bücher sehen vergriffen aus, aber das ist auch nur ein Vorurteil. Mein Rucksack wiegt jetzt eine Tonne. Eine Waffe. Dass mir keiner zu nahe kommt. Ich bin stark wie ein Bär. *KPD und DKP, Callboys, Chinesisch ohne Mühe,* ja freilich. *Der Mann, der immer dabei war, Macht kein' Scheiß, Jungs, Wassertürme in Thüringen.* Ich schaue jetzt nur noch die roten Bücher an. *Lieber Jesus, mach mich reich, Ruf aus Deutschland.* Dann sehe ich eine Frau mit großen Nasenlöchern, irrsinnig großen. Welchen Gang haben wir noch nicht? Meine Begleiterin führt, sie geht vor mir. Ich schaue nicht nach oben. *Kishon für Steuerzahler.* Dann sehe ich einen Tisch, auf dem Atlanten aufgestellt sind, braune Atlanten. Drei Leute sitzen an diesem Tisch und spielen Stadt, Land, Fluss, oder Schiffe versenken. Die Atlanten schützen vor dem Abschauen. Eine Fernsehkamera. Helles Licht zentriert zwei Quadratmeter. Graue, gepflegte Bärte und Manschettenknöpfe. Drum herum ist alles dunkel. Der Verkehr stockt. Man kommt nicht ran. Wahrscheinlich das ZDF. Meine Begleiterin lacht über meinen Witz. Wir gehen links an der Kamera vorbei, dann haben wir es geschafft: Martin Walser. Er schaut mondän aus. Bis auf den Mund wie Mona Lisa. Er schaut uns alle an. Weiter vorne sitzt jemand mit einem schwarzen Sakko. Und einem schwarzen Hemd, und er raucht eine Zigarette. Das muss ein Autor sein. Ich schaue ihn an. Jawohl, das kann nur ein Autor sein. Ich muss stehen bleiben. So schauen die also aus. Er wirkt ein bisschen negativ. Neben ihm sitzt eine Frau mit einem sehr kurzen Rock, aber da schaue ich nicht hin. Jetzt spricht er. Er hält sich die Zigarette vom Hals. Ich glaube, er rezensiert. Wo steht sein Kaffee? Ach, meine Begleiterin ist entzückend, ich habe keine Schulter mehr, der Rucksack hängt an meinen Knien. Aber wir müssen sowieso gehen. Um 16.43 Uhr warten 13000 PS auf mich. Ich werde in den Speisewagen gehen und lesen.

Man weiß, dass Walther von der Vogelweide lange umherirrte. Man soll, seinem letzten Willen entsprechend, den Vögeln täglich Wasser und Brot auf sein Grab gestellt haben. Manches in Hans Sachs' Werk ordnet man noch der bürgerlichen Dichtung zu, obwohl er im 16. Jahrhundert lebte, was ja schon der Beginn der Neuzeit gewesen wäre. Sie wissen nicht, was ein Hexameter ist? Na, na! Ein Hexameter ist ein Daktylus-Vers, ein Sechsfuß. Aber nur der fünfte Fuß muss ein Daktylus sein (–◡◡), z.B. Unbemerkt nahet die Göttin mir.

Klopstocks Messias besingt zum Beispiel in Hexametern das Leiden Christi. Herder ist mein Mann. Ein kluger Führer der temperamentvollen, jungen Generation. Hölderlin, Lyriker, genannt der deutsche Grieche, Friedrich von Hardenberg? Novalis. Na also. Nur noch ein Name. Annette von Droste-Hülshoff. Ich selbst stand vor der Meersburg am Bodensee, wo sie eine Zeit leben musste, und atmete aus den Ritzen der Steine. Hopplahopp sind wir beim Realismus, dessen Ursachen, und ohne die gibt's bekanntlich keine Wirkung, ist doch ganz leicht, bekanntlich weitgehend

t e c h n i s c h e r und w i r t s c h a f t l i c h e r Art

waren. Theodor Storm. Alleine schon der Klang dieses Namens. Ein Advokatensohn, na und. Fontane.

Zack, Naturalismus. Hauptmann. Beurteilen Sie die Handlungsweise des Fabrikanten Dreißiger.

Rilke:
Herr: Es ist Zeit. Der Sommer war sehr groß. Leg deine Schatten auf die Sonnenuhren …

Hugo von Hofmannsthal

Er glitt durch die Flöte
als schluchzender Schrei,
an dämmernder Röte
flog er vorbei

Warum ich hier zu zitieren anfange, weiß ich selbst nicht. Ich weiß schon, dass ich aufhören muss, ich weiß es ja. Gusseiserne Kanonenkugeln bollern um meinen Stuhl herum. Eine einzige kleine Kollision bedeutet mindestens einen Zehenbruch. Ich war ja schon früh als Kommunist verschrien. Als Wehrpflichtiger hatte ich das Privatfach meines Spindes mit Büchern voll gestopft, und bei der Inspektion dieses Faches wollte mich der Herr Oberfeldwebel subversiver Schriften beziehungsweise mindestens einiger Pornohefte überführen und befahl das

Öffnen dieses Faches. Allerlei kullerte da heraus, auch das Kommunistische Manifest, na also. Da ich es von einem Offizier aus derselben Kompanie ausgeliehen hatte, wurde ein Verfahren zur Überprüfung meiner Geheimhaltungsstufe abgewendet.

Das konfiszierte Buch ist von Oberleutnant Huber ausgeliehen. Dieser bezeugt glaubhaft das intellektuell zu wertende Interesse des Gefreiten Link. Der Gefreite Link steht nach dessen Aussage außerdem uneingeschränkt zur freiheitlich demokratischen Grundordnung der Bundesrepublik Deutschland. Eine weitere Verfolgung der Angelegenheit ist deshalb nicht erforderlich. Gez. Hauptmann Schwarzenberger, Kompaniechef.

Schon bald darauf hatte ich wieder Ausgang und sah auf den Starnberger See hinaus. Ich sah kreuzende Dampfer und jämmerliche Badekappen, die so hilflos wie die schwimmenden Möwen dem Wellenspiel ausgesetzt waren. Schwäne tun sich schon aufgrund ihres Gewichtes leichter. Wendete ich den Kopf nach rechts, konnte ich bis zu den Osterseen hinunterschauen, scharf an Tutzing vorbei. Diesen See habe ich ein Jahr mit der Waffe in der Hand verteidigt, doch niemand registrierte das. Ich musste das Eis am Seepromenadenkiosk bezahlen und war dem Anblick der flanierenden Rentner ausgesetzt. Die eingefallenen Münchener störten mich nicht so, weil auch ich einer war. Eine Frau an meiner Seite wäre durchaus hilfreich gewesen, aber was soll das Leben denn noch alles bieten. Eis schlecken. Ich kann mich noch gut an die herrlich altmodische, grüne Cordjacke erinnern, die ich damals trug, wie ich mich wunderte, dass mir das Grün nichts ausmachte. Der Autoverkehr hatte auch damals schon grässlich zugenommen, vor allem die Parkplatzsucher brachten den Verkehrsfluss zum Erliegen. Hinaus auf einen Steg, aber das brachte auch keine Erlösung. Kaum stand ich am Ende des Steges, wurde mir die Notwendigkeit eines sofortigen Rückzuges klar, vorbei an kichernden Mädchen mit Ringelsöckchen. Doch musste ich an die vielen Tage denken, die noch vor mir lagen, es war noch immer eine dreistellige Anzahl von Tagen. Franz rief an, er hätte zwei Weiber, und ob ich aus dieser Scheißkaserne rauskönne. Was für Weiber, fragte ich zurück in die schwarze Plastikmuschel des staatseigenen Telefonapparates. Die Dings, du weißt schon, die mit den großen Ohren, und eine Freundin. Ich komme. Freilich war es riskant, während der Bereitschaft nachts die Kaserne zu verlassen. Aber die Dings mit den großen Ohren war's wert. Unglücklicherweise beobachtete man mich am nächsten Morgen beim Einstieg in ein Parterrefenster auf der Rückseite unseres Gebäudes. Rein rechnerisch war meine Chance so schlecht nicht. Die Strafe folgte natürlich auf dem Fuße.

Der Prolog zeigt, wie Andreas Gryphius einen zimlichen Theil der Nacht in einem Wirtshaus verbringt, wo er die Begebnisse von Cardenio und Celinde, zwey unglücklich Verliebeten erzählt. Der Epilog weist auf das Licht in der Finsternis. Ich liebe ja das Theater, aber ich verstehe nichts davon. Auf dem Nachhauseweg von einem Theater sprang mir einst ein Holzzaun ins Auge. Parallel standen die zugespitzen Holzlatten senkrecht. Dahinter drängelte das dreckige Braun eines wilden Buschwerkes. Sehr verwirrend. Mächtige Mädchen strömten mir entgegen, ich musste ihnen ausweichen und mich an den Holzzaun drücken und den Bauch einziehen. Schließlich hetzte ich noch über einen Bahnübergang und wünschte mir nichts sehnlicher als die Abgeschiedenheit einer rostigen Fahrgastzelle. Tür zu, Gas geben und zwei Kilometer rein in ein ehemaliges Maisfeld. So lange, bis die Straßen fern sind, hauchdünne Striche nur noch. Nur fünf Minuten alleine atmen, und ich bin wieder fit, um jeden frech anzublitzen und mich jeder Ungefährheit entgegenzustellen.

Ich kenn mich nicht mehr aus. Zweieinhalb Meter vor mir brodelt mein Blutkreislauf. Äste hängen in jedem Zimmer. Der Sturm in der rechten Hand ist staublos. Der botanische Garten hat mich nicht inspiriert, auch nicht der aschgraue deutsche Arbeitshimmel. Bei mir kann der Himmel schon grau scheinen, denn er ist es nie. Ein Rot wie eine Glut, ein tintiges Blau und kein Talent. Wie schon Baselitz feststellte, ist eh nirgends eines existent, und natürlich das herrliche Gelb, ohlala ich bewege mich mit 170 km/h und vertraue auf die Vierkolbenschwingsattelbremsen. Ich bin ein armer Pinselschmierer, Kinder hüpfen zwischen meinen Beinen, an welchen die Farbe rot hinunterrinnt und in meinen Socken zwischen den Zehen stockt, aber das macht doch schon wieder nichts. Meine Ohren werden dünn, und die Pupillen verengen sich katechetisch. Lehrern muss ich nicht danken, weil ich keine hatte. Halt, Ingres mit diesem Damenrücken, der soll nicht unerwähnt bleiben, weitere Namen verbeiße ich mir bescheiden. Unbekannt und unbepriesen schaue ich aus der Versenkung vergangener Tage mit meinen müden Katzenaugen zwischen den Gullystreben hinauf und sehe Vögel von den Bäumen herunternicken wie schwere Maiskolben im Wind. Wer registriert es schon. Die Nässe meiner Jacke steigt mir in die Nase, wenigstens das bräuchte es nicht. Mir jedenfalls haben sie die Lappen aus dem Hirn operiert, und jetzt fühlt sich niemand mehr verantwortlich. Erst konditionieren und dann nichts mehr lesen und sehen wollen. Tot wie die Blechgehäuse eines Ofens, aber nichts mehr sehen und lesen wollen. Ich glimme noch, ich schon.

Freunde

Wer ist denn eigentlich dieser Link. Fährt mit seinem klimatisierten Volvo Hunde über den Haufen, lutscht an seiner Zigarre wie an einem Negerzipfel, kann ein Homonym nicht von einem Homophil unterscheiden, hält sich für was Besseres, dieser bebröselte Giraffenarsch, wirft mit Geld rum, kauft Häuser, weiß nichts von den Griechen, gar nichts, dieser arrogante Pinscher, ein Gesicht wie ein Breitmaulfrosch, die Haare stehen ihm ab wie Strommasten, spricht ein grausiges Englisch, segelt durch die Nacht wie ein Komsomolze, ja, ja. Im Wirtshaus wird nicht über Sublimierung geredet. Das ist die Vereinzelung, über die schon so viel geschrieben wurde. Im Sinne von Vereinsamung nicht tragbar, im Sinne von Verindividualisierung sehr wohl.

LAZARUS! KOMM HERAUS! Lazarus kriecht aus der Sterbehöhle, die Leichenbinden hängen ihm in Fetzen vom Körper. Er hat mich gehört. Ich kam fast zu spät. Lazarus, hast du meinen Brief nicht erhalten? Ich schilderte dir doch die traurige Lage, Scherben überall, alles im Arsch. Deine Schwestern haben mich schon auf dem Weg abgefangen. Nein, so geht's nicht.

Am 21. März 1873 lernte König Ludwig II. den Freiherrn von Varicourt kennen. Zwei Tage später ernannte er ihn zu seinem Flügeladjutanten. Am 13. April schrieb er ihm: Der schönste und begehrenswerteste Tod für mich wäre, für Sie zu sterben. Einige Wochen später schlief Varicourt ein, als ihm Ludwig vorlas. Varicourt!, rief dieser entrüstet: Du schläfst bei deinem König! Das war das schnelle und endgültige Ende einer Freundschaft.

Dr. Fast, Sie wollten mir doch dieses Mittel gegen …

Mein lieber Freund, die Tablette ist immer das letzte Mittel, so viel darf ich mal vorausschicken.

Herr Doktor …

Würden Sie die Freundlichkeit haben und mich ausreden lassen. Wo war ich?

In Acapulco.

Was?

Ach, entschuldigen Sie.

Auch ich war in Italien. Man kann Italien so oder so sehen. Ich sah den Schiefen Turm von Pisa. Das war vielleicht was. Wir wohnten in einer Hotelpension mit hohen weißen Zimmern, eine Fliegenpatsche und eine Bibel auf dem Nachtkästchen, draußen Zypressen und braunes Gras, ein verdreckter Swimmingpool mit steingrauen Plastikstühlen. Von der Pension ging's runter zur Straße, hinter der der Strand lag wie ein überdimensionales Handtuch, Stege stachen ins Meer, ein paar Bootshäuser, Neger verkauften Gürtel und Lederhüte, kleine Italiener zogen Handkarren mit gekühlten Getränken hinter sich her. Mein Freund Robert war auf der Suche nach Sex. Ich streunte ein paar Tage rum und sah mir alles ganz genau an. Sogar die kleinen Fußballerabziehbildchen in den Bars, die Postkarten, die Unkrautbüsche, zerfallene Häuserecken, Hinterhofgerümpel, Sexzeitungen, dekadenalte Fliesen in unsauberen Klos, steinerne Fenstersimse, Wellblechhütten, aufgeschlitzte Mopedsitzbänke, trocknende Unterwäsche, graue Autos mit länglichen Dellen, in den Dreck gestampfte Comics, Platanen, jagende Katzen und Fliegendrähte und so weiter, und nahm schließlich Platz auf einem Plastikstuhl vor dem Pool, der 10 Jahre nicht mehr benutzt wurde. Eine Flasche Weißwein, Zigaretten, Bücher, nur die Zypressen gingen mir auf die Nerven mit ihrem blöden Gewippe in diesem schwächlichen Wind. Robert werkelte derweil an einer Dänin rum.
 Man konnte es ganz fein vom Gemäuer der Pension her-

unter hören. Ah, ah, ah, aah, ah, aah, ah, aah, ah ..... Da lässt sich's doch gleich ganz anders hinaufschmachten als nach dem aschgrauen deutschen Werktagshimmel. Nein, so geht's auch nicht.

Meine Türe ist immer offen. Ein Smaragdgrün leuchtet sogar herein, und mir schlagen völlig unverständlicherweise die Zähne aufeinander. Glücklich können am besten die Nachmittagsstunden sein. Draußen liegt ja dumpf und versprechend eine Landschaft, die bei jedem Blick meine Erwartung erheischt. Heute ist sie sauber, geschniegelt, morgen zerrüttet und von Schattenfurchen durchzogen. Frontal die Strommasten, Vögel fallen durchs Bild. Immerfeuchtes Laub, hingebröselt und vom Wind unterhoben. Kahl drückt sich der Himmel vom Horizont ab. Der Geruch von Sonntag. Die Sonne hingezwirbelt, an meine Stirn geschlagen. Straßen wie Schlittengleise, Hütten wie zusammengestelltes Reisig und kleine, verdreckte Schlammkrusten entlang den ausgetretenen Pfaden, flammendes Land seitlich. Löwenzahn. Wunde Bäume, Ranft, Rinde, das Überstrecken der Blätter, kleine, graue Steinbrocken, in Wiesen gebettet, sanfte Linien davon wegspringend. Ich möchte einen Menschen in diesem Bild sehen. Ein Mädchen, das sich setzt. Auf eine hölzerne Bank, die sich friedlich und auffordernd in die Breite dehnt. Ich würde mich dazusetzen. Oder jemanden, dessen Schulter ich freundschaftlich zu mir herdrücken könnte, kurz und kräftig.

Bin ich schon über zwei Seiten? Eine Hand voll Seelen wird sich doch finden lassen.

Heute esse ich Kirschen, eine Kirsche. Auf dem Kern lutsche ich eine halbe Stunde und lege ihn dann eine weitere unter die Zunge. Blausäure. Niemand weiß, dass ich einen Kirschkern schussbereit in mir trage. Wer kann da schon mein Freund sein. Wer kann das wagen, mit einer solchen Unwissenheit? Hinner läuft auch den ganzen Tag mit angespannten Bauchmuskeln rum, weswegen er immer breiter wird. Ich kann ja nicht normal gehen, oft bleibe ich stutzend stehen, als ob ich einen Hundehaufen übersehen hätte und schon ein paar Meter den braunen Dreck mitschleifen würde. Gudula, seine Frau, ging mit mir auf die Buchmesse und sah mir zu, wie ich in völliger Verzweiflung Frankfurter Würstchen aß. Sie machte den Vorschlag, mit der Straßenbahn zurück zum Hauptbahnhof zu fahren, mir Arschloch fällt ja bloß immer ein Taxi ein. So ist das. Ich erinnere mich auch noch gut daran, wie wir Silvester vor dem offenen Kamin unserer Altbauwohnung in Nymphenburg saßen und Scotch tranken und mein Freund Hinner aus einer Entfernung von ganz genau 1,72 m einen Buchenscheit ins offene Feuer schmiss, sein mir bislang einziger bekannter alkoholbedingter Gefühlsausbruch, und ich trotz meines Rausches so froh darüber war, dass die Funken den ganzen Teppich verkohlten. So ganz ungerecht darf man also nicht sein. Hoffentlich ist da nichts versackt, nichts in Treibsand langsam weggesunken und mit einem FLUP vergangen wie nichts und wieder nichts.

Nehmen Sie meine Kinder, meinen Sohn. Morgens stehe ich vor seinem Bett und sage:
Guten Morgen, mein Würstchen, gib mir ein Bussi.

Nein.

Ich fordere ein Bussi.
Nein.
Ein Zuckerbussi.
Nein.
Ein Blumenbussi.
Nein.
Mit drei Jahren! Dann schleiche ich zu meiner Tochter:
Gib mir ein Bussi.
Nein.
Bitte ein Bussi.
Nein.
Ein Sonnenbussi, ein kleines.
Nein.

Mit viereinhalb! Dann gehe ich runter in die Küche, um meine Vitamin-C-Tablette zu nehmen, in der schwachen Hoffnung auf eine beruhigende Wirkung, schalte den Geschirrspüler aus, und nach einer Tasse Kaffee schreite ich in den Garten, wo mich eine Zecke in der rechten Kniekehle befällt. Einmal wird wieder Weihnachten kommen, und ich werde wieder keine Geschenke haben. Was ich aber auch immer kaufe. Chinesische Vasen. Nicht sehr gefragt. Füllfederhalter. Nicht sehr gefragt. Einmal kam ich mit einem Leinensäckchen edelsüßem Paprika aus Ungarn. Sozusagen Erzeugerabfüllung. Nicht zu empfehlen. Kommt nicht gut an. Oder Bierflaschenuntersetzer aus was weiß ich, glänzend halt. Kann man auch vergessen. Kein Mensch will so was. Das sind mir schon so Christen. In den Kaufhäusern springen mir die Strumpfhosen blond-bleichgesichtiger Attraktiv-Vierzigerinnen ins Gesicht. Und das zwei Monate vor dem Heiligen Abend. Ich bin halt kein Einkäufer. Ich bin nicht mehr jung genug, strafrechtlich als Jugendlicher behandelt zu werden, weswegen mir die Hände gebunden sind. Ich trage festes Schuhwerk, bequeme Hosen aus reißfestem Leinen, eine militärische Jacke und Lederhandschuhe, das schon, freilich, auf Partys, zu denen ich längst nicht mehr eingeladen werde, ringe ich um ein einzelnes Gespräch, weil mich das Gruppengelaber nervös macht. Ein Gespräch ist doch keine Ewigkeit. Aber es fällt ja niemandem was ein. Froh und stark schlägt mein Herz, unüberhörbar.

Zwei Kätzchen wollte ich uns schenken, eine Rote, eine schwarz-weiß Getigerte. Es ist so unendlich lustig, wenn sie sich noch nicht so in der Kontrolle haben, ich meine die Bewegungsmotorik. Wenn sie wackelnd und zitternd ins Leben hineinriechen, mit verschmierten Augen, den Schwanz ungelenk in die Luft reckend. Dieser unbändige Bewegungstrieb führt einem schon was vor Augen.

Katzenpupillen, längs geschlitzt.
Katzenohren, spitz getütet,
Katzenbart, weiß gesträubt,
Katzenbuckel, weiches Fell,
Katzenpfoten, schnell und Krallen,
Katzenjammer, vorn und hint,
Katzenmaul, scharf gezahnt,
Katzenklo, macht meinen Moritz froh,
Katzengähnen, stinkt

und diese Rillen am Gaumen. Mir sind Katzen lieber als diese blöden devoten Köter, wuff, wuff, Hundeaugen, Hundekuchen, schnuppern im Dreck, Fuß heben, winseln. Eine Katze winselt nicht, sie faucht. Ein Hund ist zu blöd zum Schnurren. Als Kind kannte man mich im

Krankenhaus beim Vornamen. Einmal Zunge abgebissen. Fall aufs Kinn, Zunge komplett durchgebissen, Nähen, zwei Wochen Griesbrei mit Strohhalm, da brauchens' einen Zug, das sag ich Ihnen, dann aus dem Lastwagen gefallen, während mein Vater in der Metzgerei um einen Leberkäs anstand, direkt am heißen Blech des Führerhauses mit dem Kopf voraus runtergeschliddert, Aufprall der Schädeldecke auf Rollsplitt, zwei Stunden Arbeit mit der Pinzette, dann tiefer Schnitt in der rechten Augenbraue, kantiges Möbelstück, mit acht Stichen genäht, dann Unfall mit Opel Rekord, Herauslaufen hinter einem Bus der Münchener Verkehrsbetriebe, frontales Erfassen meines Körpers von der Kühlerhaube des Fahrzeuges, zwanzig Meter ins Gebüsch geschleudert, aufgestanden, versteckt, Fahrer verzweifelt, Fahrzeug nicht mehr betriebsbereit wegen Rinnen des Kühlers und so weiter und so fort, ich weiß nicht, was das mit dem Bub ist, hörte ich meine Mutter klagen, der Arzt sagte, der ist schon recht, der ist zäh. Kinder, Kinder!

In einem Biergarten in Murnau.

In Oberbayern.

Ein Schild:

Spielplatz für Kinder bis 12 Jahre.

Liebe Kinder,
dies ist euer Platz.
Schont deshalb die Geräte
und die Anlagen.
Vertragt euch beim Spielen.
Spielt nicht Fußball.

Der Platz ist täglich bis zum Einbruch der Dunkelheit geöffnet.

Meine Frau war zu stark geschminkt bei unserer Hochzeit, sie selber sah das nicht, und ich war beim Weißwurschtessen und musste mich noch schnell föhnen, sakrament. Unter Anwendung von Waffengewalt gelang es mir, eine Hochzeit mit weit über 200 Gästen, die überwiegende Mehrzahl davon aus der Oberpfalz, was jetzt nicht falsch verstanden werden sollte, abzuwenden. Dies führte dazu, dass ich meine Hochzeit selber bezahlen musste. Wer den Brauch mit Füßen tritt, sollte vorher aufs Konto schauen. Jedenfalls war meine Frau zu stark geschminkt. Ich wollte die Oberpfälzer ja nicht beleidigen, ich wollte eine kleine Feier, sonst nichts. Aber, was soll's. Warum reg ich mich auf. Das steinalte Grinsen von Leuten, die ich nicht kenne und die mich nicht kennen. Die Gebeine, die aufeinander zugehen und doch unweigerlich wieder auseinander streben. Fotos, die herumgereicht werden. Austauschen von Erinnerungen. Bäuche, die über Gürtel hängen, sich eigenartig vor- und zurückstülpen. Suppengeschlürfe und das ewige Nicken, als ob man was verstünde. Grinsen und Nicken, als ob man bei der Sache wäre. Nicht mal im Takt, im Rhythmus nicken. Automatisiertes Heben und Senken des Schädels.

Gudula und Hinner haben geheiratet, und ich war ungeschminkter Trauzeuge. Nun war es eine katholische Trauung, und meine Fliege zwickte ganz ekelhaft. Da stand ich also neben meinem Freund vor dem Altar und schwitzte wie ein Pferd oder wie eine Sau, und Hinner sah mich so freudestrahlend an, ich wusste auch nicht, ob ich was sagen musste oder gar, wann ich wieder Platz nehmen durfte. Bleib neben mir, war die ganze Instruktion, und ich hatte das Gefühl, alle starrten auf meinen Arsch, und dann stellte ich mich schon mindestens auf ein Stündchen ein, das ist so bei den Katholischen, sagte ich mir. Vor mir die beiden Pfarrer, hinter ihnen hüpfte ein Fotograf durchs Bild, später erfuhr ich, dass einer der Pfarrer einen künstlichen Ausgang hat, was mich ziemlich bestürzte, obwohl ich ihn nicht kannte. Ich betrachtete den Altar, wartete auf ein aufforderndes Nicken, gefälligst auf die Knie zu fallen. Die ganze Hochzeitsgesellschaft hätte über mich laufen können, das wäre mir viel lieber gewesen. Nein, Sie brauchen keine Rücksicht auf mein Sakko zu nehmen. Auf den Bauch, du Hund. Dann wurden die Ringe mit geweihtem Weihwasser besprenkelt, und meine Anspannung ließ etwas nach, und Frohmut zog an meinem geistigen Horizont auf, wie eine Karawane Hethiter. Jetzt kommt das mit dem Küssen, dachte ich, von wegen. Und dann ging alles blitzschnell, mein Kollege, Schorsch, der auf der anderen Seite des Paares stand und der mit der Liturgie aufgrund eines ordnungsgemäß und akademisch erworbenen Wissens bestens vertraut ist, ein wunderbarer Mensch übrigens, entfernte sich vom Paar in Richtung unserer Bank, kein abstimmender Blick. Eine Entscheidung war gefordert, man nahm mich bereits in meiner gesammelten Unsicherheit zur Kenntnis. Vielleicht bezweifle ich nur die Effektivität von Ritualen? Der Pfarrer legte ein geweihtes Band, und man möge mir verzeihen, dass ich den Fachterminus hierfür nicht kenne und auch nicht recherchiere, um die Hände des Brautpaares.

Oft ging ich würmaufwärts, entlang am wilden Ufer, das waren meine einzigen Spaziergänge. Ich wollte mit dem Schlauchboot abfahren und mir die gefährlichen Stellen einprägen, aber die Würm ist ja auch kastriert, und so setzte ich mich an einer abgetretenen, harten Stelle des Ufers und sah dem Wasser zu. Für mich waren es Lindenblätter, die darin schwammen, schon schwarz angefault, aber sie lagen ja nicht irgendwo im Gestrüpp. Ich weiß noch, dass ich meine Jacke auszog und sie unachtsam beiseite legte, obwohl es um diese Jahreszeit so nah am Fluss überall feucht war. Wieder zu Hause, aß ich mit seltenem Hunger Schinkennudeln. Alles früher. Alles Vergangenheit. Alles kann zurechtgezimmert werden, notfalls zur sperrigsten und inhaltslosesten Logik. Einschnaufen und den Blick streng nach vorne geheftet. Was nützt das, wenn man glücklich zusammensacken kann und es aber grade nicht passt. Wünscht man sich eine lange Nacht, ist sie kürzer als ein Schneebrett. Wünscht man sich eine kurze Nacht, ist eh alles zu spät. In Französisch zum Beispiel hatte ich nie Nachhilfe nötig. Ich war auch ohne Nachhilfe nachhaltig schlecht. Das Geld, das ich meinen Eltern so erspart habe, steckt heute im Elternhaus, das mir als ältestem Sohn unweigerlich zufallen wird. Was mache ich mir Sorgen? Ich werde erben!!! Meine Frau wird auch erben! Mehr darf man nicht erwarten. Es ist durchaus auch mit versteckten Geldbeträgen, Wertpapieren und wertvollen Münzen zu rechnen, vielleicht auch mit mehr. Diese vermaledeiten Französischdiktate lagen mir so lange nicht im Magen, da sollte sich keiner falschen Hoffnungen hingeben. Heute nasaliere ich meine Zigarette ziemlich französisch. Monsieur Link! En Fronsä, s'il vous plaît! En Fronsä! Wer siecht denn heute gerne alleine dahin. Das bringt mich noch ganz durcheinander. Ich lieber alleine. Was fällt mir zu diesem oder jenem Klecks ein? Was assoziiere ich damit? Nun, zunächst natürlich Sauereien. Alles ist Assoziation. Wie ich mit meinem kleinen Büro SPD wählen könne, fragte man mich. Ich wäre doch gewissermaßen auch Geschäftsmann. Ich kann gar nicht glauben, dass Sie SPD wählen. Tauschen Sie die nicht gegen Ihre wahren Freunde, wer weiß, was da kommt. Irgendwo habe ich das schon mal gehört, dachte ich mir, bloß da war's berechtigt. Aber das macht müde und stumpf.

Wieso kannst du nicht mein Freund sein?
Weil du zu hübsch bist.
Was heißt das, weil ich zu hübsch bin.
Du hast Beine, die ich mag, du hast einen Arsch, den ich mag, und du hast Titten, die ich mag. Ich würde jeden Tag versuchen, mit dir ins Bett zu gehen.
Aber es geht doch nicht nur um Sex.
Ich würde ja auch mit dir reden.
Reden ohne Sex geht wohl nicht.
Nein.
So ein Unsinn.
Kein Unsinn.
Das heißt, wenn ich hässlich wäre, hängende Titten,

einen popeligen Arsch und krumme Beine hätte, könnte ich auch ohne Sex deine Freundin sein?
Ja.
Ich liebe dich, fick mich.

Dreihundert Seiten bräuchte ich, nur um eine fünfminütige Unterhaltung in einem Zimmer zu beschreiben. Wie viel daran wäre denn Ablenkung? So kann man es nicht sehen, was für ein Schmarrn, ich weiß ja, hie und da was zulassen, auch Schmarrn, so soll das gedruckt werden, nie und nimmer, Udo hilf, ach Udo hasst mich, weil ich die seinige gebumst hab, dabei hat es ihr gefallen, und geheiratet hat sie ihn doch, nicht mich, mich hätte die nicht genommen, in ihren Augen war ich ein Hallodri, sie hat's gebraucht und ins Kopfkissen gebissen wie eine Katze, aber ich war der Hallodri, ganz verzückt hat sie den Vorhang angeschrien, das ganze Haus wusste, dass ich am Arbeiten war, ich Hallodri, für Udo bin ich gestorben. Schon lange. Einmal wollte er mir eine schmieren, als ich mit ihr nach Hause ging, sie hat's mir erst im Auto erzählt, da bin ich nochmal rein und hab gesagt: Hau her. Ich hätte mir eine schmiern lassen, aber er war zu feig. Katastrophe. Mein Freund ist der Sturm.

Sturmwanderung

Gehölze ragen steif in den Abendhimmel fressen sich in die Luft wie ein Geschwür stinken und werfen Schatten tragen Flüs sigkeit in sich, lagern, speichern braunen Saft um schließlich zu verrotten Energie gewinnung für kommende Generationen

Stoppelige versteppte Erde und diese ge knickten Birkenstämme verwüstet wegge fetzt vom Wind Zerstörungslandschaft Ge walten in düsterem Licht Tierkadaver Ka daver erschlagen von Nadelbaumteilen har ziges Fell Blutgerinsel geifernde Schnautz

en knackendes knirschendes Schleifen v on Gliedmaßen heraufströmender Dreck F äulnis allenthalben Insektengekrabbel Am eisen oder Termiten oder ein anderes Sur rogat streckt sich zu einem Bild mit wechs elnden Farben und konträrem Gekreische.

Bis schließlich die Schönheit aufsteigt und alles klar wird licht und hell und geordnet Raum und Zeit zueinander gefunden habe n und alles weiß wird ganz ebenmäßig und glatt Reinheit der Seele und der Wind ver stummt kapituliert vor der weißen Wahrheit

Die Paarung der Libellen ist eine hochinteressante Angelegenheit. Zuerst wird ein so genanntes Paarungsrad gebildet, indem das Männchen, das übrigens während der Paarungszeit sehr aggressiv sein kann, mit seinen Hinterleibsanhängen den Kopf des Weibchens ergreift. Die Anhänge sind so geformt, dass sie genau mit Vertiefungen oder Vorsprüngen des Kopfes eines artgleichen Weibchens zusammenpassen. Kleinlibellen fliegen dann als Tandem zu einem Sitzplatz, meist sitzt das Männchen, und das Weibchen baumelt mit angezogenen Beinen in der Luft. Das Männchen krümmt nun sein Abdomen stark ein und bringt seine Genitalöffnung an sein Begattungsorgan. Beides ist beim Libellenmännchen getrennt, das heißt, der Begattungsapparat muss erst mit Sperma gefüllt werden. Ist dies geschehen, gibt das Männchen ein Signal, und das Weibchen kann sich mit ihrer Genitalöffnung am männlichen Begattungsapparat verankern. Zeitspanne: von wenigen Sekunden bis hin zu einer Minute. Vor allem Großlibellen paaren sich mehrmals täglich mit verschiedenen Partnern, zum Teil auch während des Fluges, das Männchen entfernt dabei mit seinem Begattungsorgan jeweils das Sperma des Vorgängers aus dem weiblichen Genitaltrakt.

Die Tage werden wieder kürzer. Entschuldigung, eine kleine Unterbrechung: Eine kleine alte Frau, die in fast aberwitziger Geschwindigkeit durch die Straßen eilt. Was pressiert's der denn so? Ein kleines Täschchen baumelt an ihrer Hand. Immer diese alten Frauen mit Kunstledertaschen. Vertrocknetes Haar in krausen Bahnen. Mitgerissenes Rennen durch die Straßen. Mit indischem Geschirr kocht die keinen Holundersud. Ja freilich, das wissen alle. Unsere Putzfrau zahle ich mit meinem letzten Geld, was ihr die ein oder andere Quelle-Bestellung ermöglicht. Sie riecht nach Kernseife, und die Lappen und Lumpen und Schwämme und Mittelchen in Plastikflaschen scheinen ihr in die Hand gewachsen zu sein, ihre Greifwerkzeuge adaptiert an die Putzwerkzeuge, ein perfekter Prozess. Dann wird gewischt, begleitet von feinem Quietschen. Wir brauchen aber eine Putzfrau, und zwar, obwohl ich nichts Besseres bin. Meine Putzfrau ist nämlich meine letzte Freundin. Schon Stunden vorher räume ich alles auf, damit sie es nicht so schwer hat. Ich richte ihr die Decken auf der Kautsch her. Sie kommt zuverlässig jede Woche und kennt die Fernbedienung unseres Fernsehers ganz genau. Mit den Kindern wollte ich den Laternenmarsch des Kindergartens mitmachen. Hetze also vom Büro heim, beide stehen schon freudestrahlend da, mit den selbst gebastelten Laternen, adrett hergerichtet von meiner Frau. Doch zu spät. Niemand mehr da, als wir am Kindergarten ankommen, da fällt die ganze Freude zusammen wie ein Zelt, da trappeln sie enttäuscht und schniefend neben mir zurück zum Auto.

Was ist? Gehen wir ins Restaurant?
Jaaaaaaa!!!!

Es wird Zeit, da hinzugehen, wo ich hingehöre. Schon kommt wieder Weihnachten. Ein Kamin wäre mein einziger Traum. Aber was wäre dann schon, es liefe doch wieder auf einen Rausch hinaus. Ein halbe Flasche Whisky ist ja gleich weg, und der macht mich immer so schwer. Da ist mir ein schlanker Weißwein schon lieber. Da reicht der morgendliche Kaffee und der Stuhlgang zur Ernüchterung. Durchgekokste Nasenscheidewände. Da bin ich ja noch gut dran mit meinen Weißbieren. Zumindest solange ich den Schnaps weglasse. Am Jahresende muss gemahnt und erinnert werden!

Hinner! mein alter Freund, wie geht es dir? Natürlich geht es dir gut. Mit geht es auch gut. Hinner! mein Freund aus alten Tagen, was ist los? Ich melde mich jetzt mal, dachte ich mir, Sülvester steht ja an, und kein Mensch auf dieser Welt kann verlangen, dass ich den Speiseplan alleine ausarbeite. Geschweige denn die Sprengung. Die Betonmischmaschine auf der Baustelle gegenüber ist heuer dran. Ich treffe hier frisch aus Leipzig ein, Geschäftsreise, wenn du verstehst, was ich meine, Bahnfahrt 1. Klasse, man kann die Sitze jederzeit in Fahrtrichtung drehen. Meine Frau hat die ganze Fahrt gehustet, aber du weißt ja, dass ich Nerven wie Drahtseile habe, sie hustet ja jetzt schon drei Monate homöopathisch. Hinner! Die Betonmischmaschine gehört meinem Vermieter, kannst du nicht ein bisschen Nitro, ich meine, du als Physiker, oder ein anderes Pülverchen, das müsste doch drin sein. Kurt Masur war wieder wunderbar, Dvorcak (weiß ich jetzt nicht, ob man den so schreibt) und Prokofjew (wahrscheinlich auch falsch), die Fresserei ist übrigens in Leipzig nach wie vor das Wichtigste, ein freier Quadratmeter, und sie stellen eine Imbissbude auf, der Aufschwung Ost, ich dachte mir, wir sprengen die Teile einzeln weg, zuerst das Blechgehäuse vor dem Motörchen.

Natürlich geht's mir gut. Kochen musst heuer du. Ich red ein bisschen blöd daher. Habe letzte Woche 2 × 1,80 bespannt, ja, ja, die Pinselschmierer, und ein wenig dissimiliert, wenn ich dir sage, dass es mir gut geht! Was willst du denn kochen? Ich richte alles her. Rotwein wär auch noch da. Wir könnten natürlich die Betonmischmaschine auch auf den Weiher schieben, wenn er zugefroren ist. Draußen zieht ein Gewitter heran, von Landsberg her brodelt es heran, wirft seine Schatten auf jedes Blechdach, konträr dazu die kleinen weißen Zähnchen meines Sohnes, spitzig. Meine Tomaten hab ich alle weggeschmissen, sie wollten nicht mal am berühmten Fensterbrett Farbe bekennen, die größte, eine Eiertomate, hüllte sich immerhin in zartes Orange, um sich aber unmittelbar danach von einem Pilz befallen zu lassen und grünschwarz anzufaulen. Das sind meine Erfolge im Gartenbau. Ha! Grad ruft mich meine Ehefrau an, Bronchitis, nix geht mehr mit Rauchen. Du könntest ja vielleicht einen gespickten Pfefferhasen machen, ich werde mir die Lippen eine Stunde abschlecken, ablecken. Hinner! wie geht's euch? Und was ist los in Münster? Baut ihr die Bombe, oder was? Ich nehme an, ihr dividiert den Raum durch die Zeit und haut noch ein paar Unbekannte mit hinein und serviert das Süppchen dem Zukunftsminister.

Mir ist klar, dass ich prätentiöse Züge habe. Aber was bilden sich denn die anderen ein? Ich nenne keine Namen. Die Vögel ziehen durch mein Hirn nach Süden. Einer führt, dann wird auch er abgewechselt. Dann plätschert's wieder so dahin. Schließlich stampft's ein wenig, dann kommen sexuelle Gedanken, dann Eifersucht, Raufsucht und Magersucht. Ich kann doch, ich kann doch kein Stoiker sein. Das Menschlein in mir ist zu gering dazu.

Ich schwöre, dass ich das Kartoffelschälen übernehme. Wie üblich werde ich drei Tage vorher in ein Fachgeschäft, eine Fachhandlung einfallen und einen Spezialsparschäler kaufen. Das Werkzeug muss schließlich stimmen. Ist das nicht typisch für mich?

Hinner! Ich muss schließlich die Urlaubsplanung hinter mich bringen. Alles will in Urlaub. Eeeeendlich ausschlafen!!!!!!!! Da sehe ich dich grinsen, weil du verstehst. Was ich immer an dir bewundert habe, ist, dass du so in dich hineinlachen kannst. Ich bin ja ein kreischender Aff'. Du kannst das, du lachst in dich hinein und kannst es so für dich behalten. Herrgott, mein wässriges Gesicht hängt heute wieder neben den Wangenknochen, wie ein Biwak an einer Felswand. Überall sind Seile gespannt.

Da ich mir jedoch eine gewisse Primitivität behalten habe, sehe ich Möglichkeiten, zerschneiden, zerstückeln, zerhacken, zerbeißen.

Also, was kochst du? Ach, deine Suppen. Da könnte ich schwach werden. Wer zum Teufel hat dir dieses Suppenhändchen verpasst? Die schwere Bürotüre aus massivem Nadelholz ist mir heute schon fast ins Gesicht gekracht. So schaut's aus. Alle Fenster sind geschlossen. Hinter mir die Panpipe tulilulutulilulu, dann das Cembalo dilildilidlildi, ach was, Besuch aus Kanada ist auch wieder da, dieses Scheißkanada, wen interessiert das schon? Als terrestrisches Wesen, das über kein Ersatzteillager verfügen kann, bin ich zur Vorsicht gezwungen. Hinner! Sollen wir ins Kino gehen? Gehen wir halt ins IMAX-Kino, Leinwand 32 × 16 Meter, 16000 Watt, wär das nix? Das wär doch was. Und statt in den Spöckmeier könnten wir heuer mal ins Schneider gehen. Da gibt's keine Pommes frites, weil das ist eine bayerische Wirtschaft.

Ich habe wieder nachgedacht über die Menschen, die in den letzten Wochen mit den verschiedensten Motiven an mich herangetreten sind, mit den verschiedensten Motiven. Und was lerne ich daraus? Nur noch ganz kurz, Hinner: Ich probier halt. Ich versuch's halt. Hältst du das nicht für legitim? Soll ich mich nicht aufregen? Glaubst du wirklich, *ich* sollte geschmeidig bleiben, wie du es immer so schön ausdrückst? Ich wette um 70 Pfennige, dass du das überhaupt nicht glaubst. Das wären dann die ehrlichsten 70 Pfennige überhaupt. Kaffee her! Diese Frage hat mich seit der Tarnschlucht beschäftigt. Dann kommen mir so Sachen, wie: Ich bin Täter und Opfer, und ich gehe rüber zu Sarah und ordne an, dass ab 1. Dezember die Weihnachtssterne auf den Fenstern zu sein haben. Und zwar bunte. Zwischen meinen Ohrwascheln oszilliert's.

Was wollt ich noch sagen, ja, schau, ich bin gut drauf, ich sehe schon die eisbereiften, nackten Zweige um mich herum und höre das Klirren unter meinen Schuhsohlen, am Horizont steigt die Wintersonne herauf, und der Schnee glitzert fein über sanften Hügeln. Stangenlebkuchen, ich liebe Stangenlebkuchen und wenn's nach Lametta riecht und nach den grellen Geschenkpapieren und nach der Blautanne, die ich dieses Jahr kaufen werde, weil die nicht so stark nadelt. Ich freue mich wirklich auf Weihnachten. Wie feiert ihr denn? Claudia übt schon Weihnachtslieder!

Was die Welt auch unter einem Künstler versteht, ich bin ja nun kein Beispiel dafür. Aber ich kann mir zugute halten, dass ich an einem Hausbau jederzeit interessiert bin. Nun, wahrscheinlich baue ich nicht selbst, zu viel Risiko, ich lasse zum Festpreis erstellen und suche die Fliesen aus. Sieh doch nur, die Möglichkeiten sind ja noch viel weitreichender: Bodenbeläge, Türen, Beschläge, Anzahl und Platzierung der Steckdosen, Raumaufteilung, jawohl, Raumaufteilung, solange tragende Wände … Fenster, sogar die Fenster kann man wählen, ich meine nicht nur welche, sondern auch die Größe und wiederum die Platzierung. Oh, ich bin kreativ. Aber ich mache nicht Halt bei dem Inneren. Die Zuwegung, was für ein herrlicher Fachterminus, der Zaun, Terrasse, Wintergarten, Grill und natürlich der ganze Gartenbereich.

Hinner! Wart noch schnell, ich bin noch nicht ganz fertig. Heißt's jetzt Bremslicht oder Stopplicht? Egal. Ich werde mir ein bisschen Fernsehen gönnen. Ist das nicht herrlich, draußen fetzt ein Orkan in Windeseile von Olching nach Pucheim, und ich sitz in Eichenau bollernd auf der Kautsch. Mmmmh. Vor mir dampft ein Grog, meine linke Hand liegt fast völlig entspannt auf der Fernbedienung, zappen, zapping, draußen fliegen 270 Jahre alte Eichen kreuz und quer, bumm, jetzt hat's eine an die Garage gehauen, aber das ist Beton mit Betonung auf e, ein kurzes e, Beton, und der ist härter als Eiche, der Regen peitscht aufs Pflaster, und ich schalte hinüber zu einer blonden Belgierin, ein Sexchannel wär jetzt schön. Oben schlafen die Kinder. Claudia ist im Eck der Kautsch versunken und schnauft mit offenem Mund an die nördliche Hausmauer. Meine Füße ruhen auf einem Nepalteppich. Meine Familie ist bei mir, und ich wache. Aber ein Doppelhaus ist kein Bungalooooo. Eine Treppe windet sich ins erste Stockwerk, im so genannten Treppenhaus ist's dunkel, und aus dieser Dunkelheit steigt ein Monster herab, ein Cherub mit einem sehr langen, diamantbesetzten Dolch. Und ich bin unbewaffnet. Iiiiiigrausame Fratze, schleimsabbernd, moderstinkend und funkenstichelnd hetzt dieser Cherub vor mich hin und fuchtelt mit diesem Scheißdolch iiiiiiiiiiiifratzefauchend vor meinem Bauch herum. Ich hebe zu einem Mordioschrei an, doch nur mein Brustkorb füllt sich mit Luft. Nur ein Grrrrrr gelingt mir, nur ein Grrrrrr.

Bei mir daheim.

Meine Affinität zum Primitiven ist offensichtlich. Kürzlich beispielsweise, so muss ein Satz beginnen, verpasste ich einem Arschloch einen Arschtritt, und ich habe fast 20 Jahre Fußball gespielt. Das ist trivial. Wo soll ich denn hin?

Was uns eint, ist Skepsis gegenüber allem, was intellektuell mieft. Ach, ich werde nie vergessen, wie ich in Tutzing auf dem Dach unseres Bundeswehrunimogs eine «Ausarbeitung» zum Thema *Warum der Soldat seinen Spind stets verschlossen zu halten hat* schreiben musste. Für diesen Oberarschfeldwebel, der unbedingt in die Fußballauswahl unserer Kaserne wollte, und dem es so unsäglich gestunken hat, dass ich der Einzige unserer Einheit war, der genommen wurde. Weißt du noch? Weißt du noch, was du gesagt hast? *Perlen vor die Säue geschmissen,* hast du gesagt. Vielleicht hättest du das unterlassen sollen. Natürlich nicht.

Ich bin guter Dinge. Ein Jagdhorn her zum Hineinblasen. Ich stimme einen Miltärmarsch an, einen zackigen, bei mir geht alles vorwärts. Vorwärtsdrang, zumindest partiell kann man den spüren, ich frage mich deshalb, wieso denn alles so lange dauert? Wir haben ja in Eichenau kein Polizeirevier, nur ein Pfefferminzmusäum, ja wer ist denn dann für mich zuständig? In Olching wird schon eins sein. Die kommen doch nicht extra von Bruck, grün gefiedert. Ich lasse mir jederzeit meine Rechte vorlesen. Handschellen, klick. Ein Achter (Fachschargong). Ohne meine Kamillenkreme bin ich aufgeschmissen. Hinner! Hast du eigentlich schon die hundert Kilo, die du ja brauchst? Unter hundert Kilo wirkst du mir zu asketisch. Du bist halt ein Erdgeschossmensch, zu gewaltig für ein Stockwerk. Man hört dich kommen. Mich auch, aber nur, weil ich schlurfe. Ich komm einfach aus dem Schlendern nicht heraus.

Ich werde viel mehr fernsehen, tiwiwotschn, wie das neudeutsch heißt. Ich habe nämlich erkannt, dass das Fernsehen in Wirklichkeit nicht dämlich ist. Jedem, der einschaltet, wird justament ab der lähmenden Sekunde zwischen Knopfdrücken und Bildschirmerhellen unbarmherzig die eigene Dämlichkeit vorgeführt. Ich finde, das ist eine sensationelle Leistung. Ich möchte jetzt endlich wissen, ob ich auch eine Kraft hab! Hab ich eine oder nicht?

Jetzt müsst's draußen schneien. Ich hab so ein Schneegefühl, trockener, weißer Schnee soll alles bedecken und, wie bereits gesagt, soll das Eis unter meinen Sohlen krachen, und da hinten, wo die Scapinellistraße eine leichte Kurve macht, beschreibt, soll die Sonne wintertief stehen und herüberblecken, dass das Glitzern des Schnees direkt ins Gehirn hineinsticht, sternwerfermäßig. Es wird einfach Zeit für den Winter, ich meine, wenn's eh schon brennt.

Also, Sülvester ist ja doch ein magisches Datum, der Jahreswechsel, ein neues Jahr bricht an, das alte vergessen wir schön, das legen wir in die Garage in ein Fichtenregal. Das AllesEntscheidende ist natürlich mein Einsatz als Sprengmeister, ich sprenge halt mal gerne. Dafür lass ich mich im Supermarkt gern blöd anschauen, wenn ich eine ganze Plastiktüte mit Böllern und Raketen und dem ganzen anderen Mist fülle, eine Umweltverschmutzung ersten Ranges, und von dem Geld könnten ja in Afrika 20 Kinder einen Monat ernährt werden. Dass ich in Rio ein Patenkind habe, weiß ja keiner, nur das Finanzamt. Hinner! Bring doch was mit, bloß ein Kilo Schwarzpulver, das sind zwei Pfund, die kann ein Mann wie du doch unter dem Pullover aus dem Institut schmuggeln, für ein grandioses Arschloch wie mich. Meine Konstruktion wäre verblüffend einfach, und ob die funktionieren würde, ist ja wohl keine Frage.

Nein, ich schreie nicht, ich glaube, ich habe das Thema Kultur noch nicht ausreichend behandelt. Her mit ein paar Fremdwörtern, lass rüberwachsen, Mann, ich bin ja ein Provinzbubi, du machst dir keinen Begriff. 77 war ich nicht in London, sondern habe meine Zündapp mit einem 28er Dell'Orto-Vergaser über die Hundertkaemmhamarke gezwungen. Und zwar so lange, bis es mir die Kurbelwelle zerlegt hat. Im Why Not war ich vielleicht ein- oder zweimal, höchstens. Nichts habe ich mitbekommen, ja freilich, das ein oder andere hab ich mir schon gedenkt, so Pfeiler sind mir immer rausgewachsen aus dem Hirn, bis ich das Übergewicht bekam und auf die Schnauze fiel – und? Nix und. Ich hatte viel Sex. Ich glaube, in jenen Jahren ging's mir nur ums Abspritzen. Ich kann mir ja, wie du, gar nicht vorstellen, dass auch die Herren Professoren abspritzen.

Zum Schifahren nach Österreich, so war das damals, grau lag die Autobahn unter uns, und die Grenzer haben bloß gewunken, und schon waren die Mittelstreifen gelb. Ja Kruzifix, was hätte denn da entstehen sollen? Schau her, Hinner, im Sommer lag ich nackt am Birkensee, neben mir ein schwuler Zahnarzt, der mir anbot, mein Studium zu finanzieren. Hab ich das vielleicht gemacht, nein! Ich sah ja nur Titten und pelzige Muschis und Apfelärsche, das war und ist mein einziger Horizont. Du weißt es doch selber, du selbst hast mir ja einmal eine von Gudulas Schwestern mit den Worten in Erinnerung gerufen: Die mit dem Minirock.

Bier her. Ein Löwenbräu geht ja noch, solange kein Hacker in der Nähe ist, drum bin ich ein Sprenger geworden. Und drum kann ich auch nur plärren, immer neunzig Phon,

Herr Doktor, meine Tabletten.
Rrrrrrreißen Sie sich zusammen, Mann.
Herr Doktor, vielleicht wenigstens homöopathische.
Jetzt rrrrrrreißt mir aber bald der Geduldsfaden.
Herr Doktor, ein Traubenzuckerl …
Halten Sie endlich Ihr Maulllllllllllllllllllllllllllllll!

Hinner! Nur eins müsstest du mir versprechen, nämlich, dass du mir den Achternbusch in Ruhe lässt, die SZ, meine Pinselschmiererfreunde und die ganzen Schreibertypen neben Camus. Freilich weiß ich, dass das, alles zusammengeworfen, Camus wiederum ausgeschlossen, auch nicht mehr wert ist wie eine Leberkässemmel, aber schau, da prügelt doch eh jeder rein. Ich sage das in exakt dem Tonfall, wie unser Moritzili

Geei, du dearfst mei Legohaus ned umschmeissn.

Jeder kann sagen, er hätte keine Angst, ich aber halte mein Maul und lasse mich in einen sauberen Rausch hineinfallen. Acht bis zehn Helle, dann biesle ich nur noch im Freien. Hinner! Schau! Arsch in Bewegung. Und ich würde gern am Sülvesterabend mit dir und deiner Frau und der meinigen ein paar Kanonenschläge werfen. Wir könnten auch einen für deinen Dr. werfen, einen für Gudulas Arbeitszimmer, einen für Claudias Klavier und einen für meinen schriftlichen Auswurf. Was sagst du? Was sagt Gudula? Gudula! Ich werde entschlossen versuchen, dich nicht aufzuregen. Schau, du weißt doch, dass ich ein vom Teller gefallenes Würstchen bin. Nur wer draufsteigt, läuft Gefahr auszurutschen. Schau doch nicht so ernst.

Colonel Chapman drückt seine Brust von innen ans Hemd.
Männer!
Schnief.
Wer schnieft hier?
....

Also. Männer!
HmHmmmmmmmm
Verdammt nochmal, was ist?
Ich müsste austreten.
Hat Ihnen denn der Wahnsinn ins Hirn geschissen, Sie dämlicher, windiger Drecksack!
Aber ...
Einen Scheißdreck aber. Man wird Sie jetzt aufs Schüsselchen führen und dann in ein Zimmer ohne Fenster!

Noch jemand, der scheißen muss? Oder vielleicht möchte jemand ein Käsebrötchen?

....

Hinner! Ich habe eben eine Krawatte angelegt, in der schmalen Hoffnung auf eine Erkenntnis, auf das Verlieren meiner unbegründeten Verzagtheit. In irgendeinem Eck dieses Büros konnte ich eine finden. So hängt mir dieser Binder um den Hals, sitzend baumelt das Ende bunt über meinem Geschlecht. Ich muss jetzt langsam ein versöhnliches Ende anstreben, bevor die rings um mich mit den Weihnachtsliedern anfangen. Schließlich brauch ich ja noch mindestens 70 Seiten, bis ich das alles für mich im Griff habe. Bitte bring die leeren Bierträger mit und Noten fürs Klavier und vor allem ein paar CDs, insbesondere die mit der Marschmusik. Gruß

Ich kann, ich kann, ich kann, ich kann, ich kann. Ein anderer, den ich nicht mehr ertragen kann, wird sich wundern. Wer hofft nicht auf Liebe, auf Anerkennung, auf Glück, auf Reichtum und auf täglichen Sex. Da ich nicht normal bin, spüre ich meinen Blutkreislauf noch zwei Meter fünfzig vor mir. Glück, Anerkennung und Liebe sind ja bereits sanktioniert, ja aber, nix da, ich habe auch ein Herz für den Reichtum. Ein Homunkulus, der aus seinem Schatten heraussteigt in das gleißende Licht, ist doch auf dem Wege zum Reichtum. Von den Zehen herauf rauscht es. Vom Hirn herab regnet es. Der Sturm in der rechten Hand ist staublos. Ewig währt jeder Moment, und Äste hängen in jedem Zimmer. Kein Jagdhorn zum Hineinblasen vorhanden? Dann muss das Blut ins Freie. Andere finden Gefallen an jungen Knabenärschen, wünschen sich nichts sehnlicher, als an den silbernen Hoden eines äthiopisch braunen Perserjünglings zu kraulen. Andere sammeln Schrumpfköpfe. Ein Hungerleider ist eine arme Sau. Lotto oder Rennbahn? Lotto ist doch Beschiss. Die Wahrscheinlichkeit liegt bei Einszuvierzehnmillionen. Auf der Rennbahn kann man wenigstens schneidige Menschen beobachten. Ein Hungerleider ist und bleibt eine arme Sau. Das merkt man besonders auf der Rennbahn. Da stolzieren Weiber in 500-Mark-Schuhen an einem vorbei, die noch nie in ihrem ganzen Leben gestunken haben. Ein einziger Wohlgeruch, und die Seidenblusen liegen auf Aprikosenhäuten, die einen alles vergessen lassen.

Träume

Meine Frau hat mich betrogen. Aufgelöst sitzt sie auf unserem Sofa, erzählt von diesem Typen, was für eine unwahrscheinliche sexuelle Anziehungskraft der auf sie habe, sie schwärmt von seinem Schwanz, in einer Aschentonne liegt sein Slip aus Plastik, ausgebeult von seinem Geschlecht, den sie mir wie zum Beweis zeigt. Da kann ich mithalten, denke ich, und zeige ihr meinen halbsteifen Penis, drängle mich an sie, aber sie lehnt mich ab, zu aufgewühlt sei sie noch von dem Geschehenen. Hoderlumpen, Hoderlump, leere Alkohohlgläser stehen auf dem Wohnzimmertisch, kalte Zigarettenasche verbröselt daneben. Man sieht dem Zimmer einen Entspannungsabend an. Es ist ganz ausgelaugt, verlebt, zerrupft könnte man sagen. Den Havannastumpen werfe ich immer dem Nachbarn auf die Garage. Diese alte Frau, die auf dem Bügersteig zusammengefallen ist, in schwarzen Reebok-Turnschuhen, ihr Gebiss, ein verbogenes Drahtgeflecht, hält sie zitternd in der Hand, der Mund ist nur ein blauschwarzes Loch, ich lange hinein, um noch ein paar Zähne zu finden, ein ekelhaftes Loch, und mir graust, aber ich bringe die Hand nicht mehr heraus, bleierne Angst. Ich bin Jaime und sitze, reite auf einem braunen Pferd. In der Rechten, die ich herunterbaumeln lasse, habe ich mein Gewehr, in der Linken stolz die Zügel. Ich reite im Schritt, oder wie das heißt, und meine Augen haften am Boden, wie bei einem Fährtensucher. Ich habe sehr dünne Lippen. Dünnlippig. Dann vor mir ein Fiberglasmonster, das ich aus dem Sattel schieße. Kopftreffer. Nach jedem Treffer schneide ich eine Kerbe in das Pferd, das innen grün ist, einritzen, das Messer stak in meinen Cowboystiefeln, dann plötzlich sehe ich eine Staubwolke am Horizont, eine riesige Staubwolke, das müssen mindestens zweitausend von diesen Dingern sein, denke ich, und flüchte, da ich aber nicht gut reiten kann, schmeißt es mich in ein Gebüsch, eine fatale Fügung, ich mache mich klein und luge anarchistisch zwischen den Zweigen heraus, die Meute naht heran, ich fühle mich sicher und geborgen, infernalisch donnert diese Armada an mir vorbei. Als sich der Rauch verzogen hat, trete ich aus dem Gebüsch und reinige meine Hosen, klopfe den Staub in die Luft, aber mein Pferd ist nicht mehr da. Pferdelos. Auf dem Weg zur Bücherei schiebt mir ein Penner seinen Einkaufswagen, mit leeren Bierträgern gefüllt, an der Ampel in die Fersen. Hundert Menschen stehen bei sengender Sonne und warten auf Grün, ich an vorderster Front, und dieser stinkende Penner schiebt mir diesen Wagen in die Beine. Grün, und alles setzt sich in Bewegung, fünfzig von A nach B und fünfzig von B nach A, man muss aufpassen, nicht zertreten zu werden. Links und rechts drohen Automobile, zitternd und glühend, dann diese Häuserecken, nimm niemals eine eng, das versucht jeder, also einen weiten Radius, Menschen mit weißen Gesichtern staksen in unmögliche Richtungen, die Bücherei hat elektrische Türen, man braucht den Griff nur zu berühren, ich kenne mich aus, Buchabholung erster Stock, Romane Belletristik in Parterre, Klassiker gegenüber, die gebundenen Ausgaben gibt's ganz hinten rechts, überall dicke Frauen in schwarzen Hosen, und der Teppichboden schmeißt sich so künstlich an mich. Ich muss raus, trete auf den kleinen Vorplatz, und alles rast an mir vorüber, auch Zeit und Geld, und auf dem Rückweg überquere ich die Straße fünfzig Meter vor der Ampel, und natürlich wird wild gehupt, es wäre kein Entrinnen möglich gewesen. Es war wohl der 34. Juli, und diese Stadt war eine Stadt, so wie es sich gehört, ein bisschen nach Vergangenheit stinken, ein bisschen Verwirrung stiften und eine schale Hoffnung verspritzen. Niemand war geeignet, Leck-mich-am-Arsch zu sagen, niemand konnte wirklich diese Stadt aushalten, alle hielten sich eben am Leben durch hektische Aktivität, für die diese Gemäueransammlung gemacht zu sein schien, nicht einmal Straßenmüll war zu entdecken. Zwischendrin wird ein Flecken Rasen platziert und Blumen, bunt, eine Skulptur und neue Telefonhäuschen. Das schweißt zusammen. Wir sind keine Italiener, 35 Grad bringen uns in die Nähe eines Nervenzusammenbruches, alles geht zäh, zach, die Nachrichten ergänzt um Ozonwerte, schleichende Hitze und rotstichige Farben, rostgold verödete Frauenschenkel, blankweiße Brüste unter blauer Baumwolle, Herzstechen von Zigarettenrauch, mittägliche Mordgelüste, Fett über der Gürtellinie, eine Idiotie. Wenn's stark regnet, lässt mein Herzstechen nach. Wenn ich Frauen unter Dachrinnen stehen sehe, Männer ihre Jacken über den Kopf schlagen, wenn das Wasser heruntertrommelt und auf der Straße tanzt, wenn Fenster geschlossen werden, dann geht es etwas besser. Es soll ja auch mal wieder regnen.

Jemand wirft mir Blumen ins Gesicht. Was soll das? Ich kann den Mann kaum erkennen, immer wieder Blumen, stachelige Rosen sind auch dabei. Wirft mir ständig Blumen ins Gesicht, kaum dass der eine Strauß abfällt, sticht schon der nächste. Ich habe ein schlechtes Verhältnis zu Blumen, sie sind mir zu schnell vergänglich. Welke Blumen. Muss ich immer gleich wegwerfen. Ein Mann wirft mir Blumen ins Gesicht. Immer wieder. Ich stehe in unserem Wohnzimmer, nackt und blöd. Draußen ist draußen und drin bin ich, weil ich das Licht draußen nicht vertragen kann. Vorhin lag ich auf dem Boden, aber das war mir zu nah am Tod. Ich hasse Unordnung in einem Zimmer, kann aber nichts dagegen tun. Draußen ist die Natur angeordnet, Erdboden, Vertiefungen und Erhebungen, Blätter und Nadeln der Bäume wie hingefetzte, kurze Pinselstriche, der Maschendrahtzaun ist grün getarnt, das Gras hat die Wildheit zweier Wochen in sich vereinigt. Der nahe Weiher ist jeder Flächenharmonie abträglich, eine hingewimmerte Monumentalität, die Haselnussstauden, die so nah am Wasser gut gedeihen, sind unpassend und strecken sich zerstachelt in alle Himmelsrichtungen. Vor meinen Augen windet sich der blaue Zigarettenrauch an die Zimmerdecke. Drei Jahre in diesem Haus, zweitausendmal vor diesem vorhanglosen französischen Wohnzimmerfenster, zweitausendmal ein fragender Blick und keine Antwort.

Das Landratsamt wird mich schon mal ausstellen. Meine Bilder in diesem Verwaltungspalast. Ich muss was zum Rauchen besorgen, ich muss. Das bedeutet, ich muss auch das Haus verlassen. Die Weltwirtschaftslage lasse ich natürlich in keiner einzigen Sekunde aus den Augen. Mein Hobby ist das Warentermingeschäft. Ich habe wiederholt vom Landratsamt Fürstenfeldbruck geträumt. Diese Institution verwaltet mich schließlich. Lange Gänge, auch Ziegelmauern, sehr neumodische Gebäude, Skulpturen aus quaderartigen Granitstücken, Wassergeriesel, Nebel, der aus den nahen Baumgruppierungen stieg, parzellierte Parkplätze, sauber angelegt, ich war noch nie in diesem Landratsamt. Halsstarrige Menschen mit wehenden Kleidern, herrjeh, andere trugen Nummernschilder durch die Gegend, das muss die Zulassungsstelle gewesen sein. Nicht das Landratsamt. Kiesweg, kleine, runde Kieselchen, die so sauber sind, nur ein wenig Steinpulver belastet sie, nur ein wenig Steinpulver. Das Knirschen beim Darüberlaufen ist ein angenehmes Geräusch, es ermahnt einen, nicht so viel herumzugehen. Hinter mir pulsierte der Stamm einer Birke, es ist doch Kraft existent. Energie allenthalben. Erhellte Flächen stiegen über mich wie Musik. Fernab Abrollgeräusche von LKW-Reifen, ein leichtes Briseln, Katzenpfoten auf Tannenreisig, das Fliegen des Staubes an eine Böschung, das Zischeln der Blätter.

Flaschenbier, big business

gehen, spazieren gehen in der stadt
mauerwerke, die schützen, und die elektrische
kreischt um jede kurve und wieselndes blech, schlechter
wind, sogar die plastikbehelmten radler haben
hundsköter angeleint, stromleitungen durch
häuserschluchten, jalousien, auch zum schutz, putz
bröckelt aufs trottoir, alte männer behütet, einkaufstaschen,
herausragender lauch, dieselwolken und der ganze gestank,
ornamentale gefühle, kuppelbauten, rauten
auf wehenden fahnen, rasende titten, italiener und
griechen (lokale), kopfsteinpflaster regt an, hudelei
überall hudelei, sexshops, musicshops, hoppelndes
katzenvieh, grünanlagen mit knorrigen kastanien
ampelanlagen mit druckknöpfen, streifenzebra,
würstelbuden samt pennervolk mit flaschenbier, big
business an allen ecken und kanten, straßenbegrüßungen,
bunter lärm zieht vorbei, schwadronierende weiber auf
grauen balkonen, zigarettenrauchpustend, endlose
teerstreifen, asphaltgelängel, rußgeschwärzte sträucher,
hupen, splitter, baustellen mit dürren kränen,
schweres stiefelgeklapper, kinder flimmern blau, aus
kellerschächten steigt dunkelheit an den tag, apothekengeruch,
bahnhofsgeheul, türkische zeitungen, staubige hosen,
efeu drückt sich an mörtelritzen, lumpen modern, moderne
kleidung von leibern gespannt, plakate schreien, gummi
brösel, zerstäubt, papierfetzen treiben an zäune,
schaufensterpuppen mit gespreizten gliedern, der n
ördliche teil der stadt brodelt.

Tja, drei Straßenjungen summen in nachgeäfftem Türkisch vor sich hin und werfen Münzen an eine Hauswand, sieht alles viel zu erwachsen aus. Ums Hauseck herum biegt Colonel Chapman. An diesem Tag wirkt er etwas sehr adrett, und seiner Aufforderung, den Bürgersteig nicht zu blockieren, folgt bellendes Gelächter der drei Jungs, die vielleicht 10, 12 Jahre alt sind. Colonel Chapman zieht seine Waffe aus dem Schulterhalfter, die Jungen machen sich aus dem Staub. Keine langen Diskussionen, denkt er sich, beim nächsten Mal knall ich gleich einen ab. Das Scheißgequatsche geht mir auf den Sack. Was sind das nur für Zeiten heutzutage, kleine, dreckige Pinscher lachen erwachsene Leute aus. Hallo, wo ist denn das Land, wo es keine Zeit gibt, kein Gefühl dafür. Quatsch mich nicht an. Irgendein mieser kleiner Affe sitzt auf meiner Schulter und quatscht mich ständig an, gestern habe ich ihn an die Wand geschmissen. Hey, Jaime! Was ist los. Was? Kaninchenzüchten? Was soll das denn. Jaime treibt eine kleine Herde Kaninchen vor sich her, wenn eines versucht auszubrechen, schießt er es ab. Hey, Jaime! So wirst du bald keine mehr haben. Ich soll mir was gesagt sein lassen? Sei schlau.

Ich bin gegen die Todesstrafe. Ich habe noch nie davon geträumt, durch eine Schlucht zu fliegen, irgendwo herumzusegeln mit irgendeinem Scheißgleitschirm oder etwas Ähnlichem, ich muss nicht schweben. Lasst mich nur in Ruhe. Als Libelle rumfliegen, das stelle ich mir aber nun doch nicht schlecht vor. Ich könnte zum Beispiel einen Artgenossen verspeisen. Das passiert in der freien Natur tatsächlich. Hat man ein Opfer gefunden, beißt man zunächst die Flügel ab und beginnt dann, an der Abdomenbasis zu fressen. Dabei wird das Hinterteil abgetrennt, das Vorderteil der angefressenen Libelle läuft noch ein Stückchen weiter, während man das Abdomen verzehrt. Obwohl lebenswichtige Organe wie z.B. das Herz zerstört sind, bleibt die angefressene Libelle noch eine Zeit lebensfähig! Ohne Herz!!! Das muss man sich mal vorstellen. Arsch und Herz abgefallen, da spaziert das Ding noch ein paar Meter. Das muss ein Gefühl sein. Das angenagte und abgefallene Herz der Libelle liegt derweil pulsierend auf einem schwarzbraunen Birkenblatt, zwei Meter unter dem Zweig, auf dem sich diese Tragödie ereignet, pulsiert noch schwach und schnell, schleimt sich aus. Mir ist so nach hinlegen und den Arm von der Couch baumeln, den Handrücken auf dem kühlen Linoleumboden ruhen lassen. Aber ich weiß ja, dass dann wieder Schimären hereinschneien. Heute nicht. Heute nicht. Heute kann ich mir die weiße Zimmerdecke entmaterialisiert vorstellen. Nur noch weißes Geflimmer, das die Unendlichkeit wie ein Negligé verdeckt, schwach und gefährlich. Ein Karamellbonbon zwickt in meiner Hosentasche. Wie kommt das da hinein? Bestimmt die Kinder. Ich träume ja nicht normal. Ich träume im Traum einen weiteren und aus diesem heraus noch einen. Ich nenne das Auseinanderträumen. In meinen Träumen sieht die Welt natürlich anders aus. In meinen Träumen kann unser Bundeskanzler Englisch. In meinen Träumen ist die CSU in der Opposition. Diese Traumliste ließe sich lange fortführen. Die Träume gehen mir nicht aus. Der Reichtum an Träumen ist eine unabdingbare Voraussetzung, traumatische Zustände zu vermeiden. Wenn ich träume, biegt der Wind die Segel nieder und verhilft zu traumhaften Geschwindigkeiten zu Wasser, zu Lande und in der Luft. Stets ist eine Gewitterfront weit genug entfernt, um lediglich einen meteorologischen Einfluss geltend machen zu können. Nah am Ort des Geschehens durchzuckt die Sonne alle Gedanken, und die paar Wölkchen sollen den blauen Himmel kontrastieren, gerade eben so, dass er nicht zu falsch wirkt. Und wenn ich dann übers Wasser fliege, bewegt sich der Horizont nur ganz langsam und leise, und es ist möglich, Dinge wahrzunehmen, hinaufsteigende Hügel mit aufgepflanzten, sizilianisch weißen Häusern etwa. In meinen Träumen gibt es fast nur friedliche Seepromenaden. Sahnehäubchenschlürfende Menschen in überraschend grauer Kleidung, keine Fotoapparate. Die sahnehäubchenschlürfenden Menschen laben sich an der windgekräuselten Wasseroberfläche, kleine krause Unebenheiten, schließlich landen Enten. Überhaupt sind die Farben meiner Träume kräftig, ein Rot in meinen Träumen ist eine wahre Glut. Oder mein Blau, das ist nicht wässerig, eher tintig.

Oft auch Vergangenheit, oft wurde Heim angedroht, ein Kinderheim, das man sich natürlich schwarz und kalt und streng und in der Nähe von Rosenheim vorstellte. Heut möchert ich mal dieses Heim sehen. Jetzt ist Schluss, jetzt kommst ins Heim, morgen ruf ich an. Ich durfte dann aber doch ins Hallenbad und war schon fast in dem gewissen Alter. Es gab zwei Sprungbretter, 1 m und 3 m, das 1 m war ja kein Problem, das ging auch zum Hechten. Bald schon traute ich mich auch aufs 3 m, zunächst nur Bombe, Platschbombe, aber der folgende Winter strich so schnell dahin, und die Bikinioberteile der Mädchen vom Elsa-Brandström-Gymnasium waren in der Folgesaison doch schon deutlicher gefüllt, also musste das 3er auch zum Hechten gehen. Da hechtete ich um mein Leben. Ich nahm Anlauf und sprang so weit als möglich in diese riesige Halle hinein, 6 Meter hohe Fliesenwände und unter mir das weiße Wasser. Die Mädchen saßen auf Frotteehandtüchern und kicherten. Ich stieg mit stark geröteter Rückenpartie aus dem Wasser. Das war dem Bademeister wurscht, aber wehe wir sprangen vom Beckenrand. Und dann sah ich, dass die Mädchen den Bademeister ankicherten, und das hat mir schon sauber gestunken. Trotzdem gibt es natürlich in meinen Träumen keine absolute Gerechtigkeit. Früher war ich aber schon für Gerechtigkeit, früher. Du warst schon ein rechter Stierbeutel, Stierbeitl, sagt meine Mutter. Ein Zornbinkel, sagt meine Mutter. Hat der doch glatt in ein Holztragel gebissen, dass man gleich die Abdrücke sehen konnte. Und wo du dir die Zunge durchgebissen hast und mit dem Strohhalm den Grießbrei zuzeln musstest, drei Wochen lang, da war das Haus ruhig. Keinen Muckser. Mit meinem Bruder schlief ich in einem Stockbett, ich unten. Wir haben immer Autonamenraten gespielt. Ich gewann immer mit dem Morgan Plus 8, den mochte mein Vater so gerne. Ein Auto mit Holzrahmen, so was machen nur die Engländer, sagte mein Vater. Unser Nachbar ist vor zwei Jahren gestorben. Früher kamen die Weihnachten immer rüber, abends, nach der Bescherung, zum Saufen. Nach der dritten Halbe hat er immer SECHZIG gerufen, das ging ja noch, aber ab der vierten fing er an mit HEIL HITLER. Und als das alle lustig fanden, bin ich aufgestanden und gegangen, was einen Eklat auslöste, ich verließ die elterliche Weihnachtsfeier. Er oder ich hab ich gar nicht erst gefragt. Fenster aufreißen.

Es wird ja jetzt kalt morgens. Aus meinen Träumen werde ich von meinem Sohn gerissen, der mir ins Gesicht hustet. Da ich ihn liebe, erschlage ich ihn nicht. Er drän-

gelt sich ja an mich. Hab dich so lieb, Papa. Da haut's mir wieder alle Gefühle durcheinander. Ich frühstücke im Klo, weil die Putzfrau da ist und ich eine Viertelstunde meine Ruhe haben möchte. Die Süddeutsche breite ich am Boden vor der Schüssel aus. Ich putze meine Zähne nicht elektrisch, außerdem verwende ich Zahnsalz. Das gechlorte Leitungswasser löst einen Brechreiz aus. Muss ich kotzen oder nicht? Ich muss doch nicht und finde darüber hinaus auch den alten blauen Pullover nicht. Einmal noch trete ich auf den Balkon hinaus, weil ich unsere Straße vor mir liegen sehen möchte. Was weht mich da an? Es ist nur KFZ-Geruch. Was assoziiert man mit KFZ-Geruch? Gras soll auf meinem Schreibtisch wachsen. Man müsste nur dem ganzen Papierhaufen ein wenig Humus zufügen und den Verrottungsprozess abwarten. Dabei könnte man Tee trinken. Mit der Zeit würden immer weniger Leute anrufen, und Europa müsste sich ohne meine Hilfe entwickeln. Andererseits schriebe mir dann auch kaum mehr jemand, die nigerianische Mafia schon gleich gar nicht, die mir 28 Millionen Dollar zur Übertragung auf mein Geschäftskonto angeboten hatte. Da hätte das Finanzamt geschaut. Ein Bier muss jetzt her, damit's leichter geht. Und zwar kein Weißbier. Ich war nicht schlecht in Physik. Warum die Rennwagen breite Reifen haben, obwohl die Reibung ja durch die Auflagefläche nicht beeinflusst wird, konnte man mir nicht sagen. Das musste dann kontrovers innerhalb der Physiklehrerschaft diskutiert werden. Schließlich rief einer bei Auto Motor und Sport an und fand heraus, dass es um Wärmeabführung und Stabilität geht. Solche Fragen kamen von mir. Das ging so weit, dass ich ein Zucken zu bemerken glaubte, sobald ich nur den Arm hob. Aber
 auch das war Selbstüberschätzung. Ein Zweier war mir

jedenfalls sicher. Die Englischlehrerin hatte eine pralle Hose. Man konnte manchmal den Slip sich abzeichnen sehen. Nie trug sie einen Rock. Oft haben wir sie gebeten, das th vorzuführen. Die Sportlehrer mochten mich fast alle. Das half zum Teil auch in der Mathematik, vor allem, wenn der Lehrer auch Mathematik unterrichtete. Vor mir saßen zwei Arschlöcher, die heute bestimmt Ingenieure sind. Der Geschichtslehrer bezeichnete mich als einen Störfaktor innerhalb der Solidargemeinchaft der Klasse. Ich wies das von mir. Später sah er es auch ein und gewährte mir Einblick in seine Privatbibliothek. Er lieh mir *Mein Kampf*, fing aber schon nach einer Woche wieder danach zu fragen an. Ich war ihm doch nicht ganz geheuer.

Ja genau, mach uns 'nen richtigen Donnerbalken. Schau, ein Hunderterpiece, ganz frisch, gute Ware. Das blonde, zierliche Mädchen nimmt sich zwei Marlboro Lights und fährt mit der Feuerzeugflamme unter den Zigaretten entlang, während sie diese dreht. Sie löst das angeschmorte Papier vom eingekesselten Zigarettentabak, den sie auf vier zusammengeklebte Blätter gummierten Zigarettenpapiers drapiert und gleichmäßig verteilt. Die Bewegungen wirken geschickt und sicher. Dann wird das grünbraune Hunderterpiece angekohlt und ein Teil davon über den Tabak gebröselt. Ich schenke mir noch ein Wasserglas Wein nach. Die erste Flasche ist schon leer. Nur nicht sparen, meine Süße, ich will heute einen richtigen Prügel.

Sie lacht und räumt das Hunderterpiece sorgfältig weg. Dann reißt sie ein Stück leichte Pappe von einem bereitliegenden größeren Stück leichte Pappe ab, rollt es zu einem kleinen Röhrchen, das das Mundstück werden wird, dreht es geschickt mit dem Tabak in das gummierte Zigarettenpapier zu einem konischen weißen Ungetüm, gleitet mit der Zungenspitze über den gummierten Kleberand des Zigarettenpapiers und verklebt es. Wunderbar, meine Kleine, saug an, ich muss mir noch ein Gläschen gönnen.

Du kiffst nicht sehr häufig, was?, fragt sie.

Ein Mann wie ich, sage ich, in meiner Position, sage ich, und wir lachen beide auf.

Man sollte ja nicht dazu trinken, sagt sie, aber ich mach es auch andauernd.

Ruhe, sage ich, wir lachen beide auf.

Sie saugt gierig die ersten Züge professionell durch die aneinander gepressten Handballen, der Joint glimmt hell auf, und der Rauch steigt sofort durchs ganze Zimmer.

Ganz wunderbar, sage ich und leere und fülle mein Weinglas. Sie reicht mir den Joint, und ich rauche. Ich sauge zwei Züge tief ein und halte den Rauch in der Lunge, das rechte Auge auf mein Weinglas geheftet. Ich reiche ihr den Stängel rüber und schenke ein.

Jappadappadu und anschließend legen wir noch einen sauberen Geschlechtsverkehr hin. Sie brüllt auf vor Lachen. Juppheidi und Juppheida, rüber mit dem Ding. Wieder zwei tiefe Züge.

Mann, sagt sie, das hätte ich dir gar nicht zugetraut. Ich brülle auf vor Lachen und schenke mir noch ein Gläschen ein. Gallertartiges Gewebe bildet sich aus meinem Bauchfleisch heraus. Eiterfetzen wandern meine Speiseröhre hoch und quellen aus meinem Mund. Was ist denn das für eine verdammte Scheiße, stoße ich erschrocken aus vollem Munde. Die kleine Blonde schneidet mir plötzlich und unbeeindruckt die Zehennägel. He, Moment mal, sage ich, das war nicht vorgesehen. Sie schneidet mir nackt die Zehennägel und lutscht schließlich an meinem großen Zeh. Sie ist nackt und auf den Knien und reckt ihren Arsch durchs ganze Zimmer. Ich muss immer wieder diese schleimigen, grünen Stücke aus dem Mund spucken. Ein schwarzes Mädchen betritt den Raum. Sie ist nackt und hat einen gewaltigen Gummipenis vor ihre Lenden gebunden. Sie kniet sich hinter die Blonde und dringt damit in sie ein. In diesem Moment beißt diese mir den Zehen ab. Ich habe aber keine Schmerzen. Mein Zeh segelt durchs Zimmer.

Einen Fußpilz holte ich mir beim Barras. Das ganze Jahr in denselben Stiefeln rumzurennen war das Motto in jenen Tagen. Gefreite haben einen Streifen auf den Schulterklappen, Obergefreite zwei, Hauptgefreite drei, das war mir dann doch zu schwer. Noch heute neigen meine Füße zum leichten Schwitzen. Sand sank in den Schnee wie Zimt in Milchreis. Meine Stiefel haben sie mir gelassen. Ich habe sie mit Beton ausgegossen und Jahre später mit Sperrmüll weggeworfen. Zu oft rochen sie mich militärisch an. Drei Kilometer von mir entfernt lag Starnberg mit all den unbescholtenen Seeanwohnern, mit den armen, unbescholtenen Seeanrainern, nichts ahnend sanken sie in den Schlaf der Gerechten, während ich mit durchgeladener Waffe die Munitionsbestände der Maxhofkaserne verteidigte. Mit mir ein junger, schlotternder Spund, ein Frischling, Angst vor der Nacht, der Kälte und den Waffen. Ich zog ihn in das Gebäude unserer Kompanie, draußen schlotterten die Grashalme unterm Schnee parallel zu meinen Gefühlen. Die Tage gingen langsam zugrunde, jede Minute war eine Ewigkeit in der Geborgenheit eines Sechsbettzimmers. Grüne Busse kamen mir braun vor.

Er ging zu ihr. Sie hatte ein Flimmern vor den Augen, und ein blaues Kleid wehte um ihren Körper. Sie war vom Alleinsein erdrückt, und ihre weißen Arme stachen aus dem Kleid wie Stricknadeln. Er fühlte ihre Stirn, warm und braun, er glitt über das kurze Haar, das so wenig elegant an den kleinen Ohren vorbeistrich. Die Nacht war durch das geöffnete Fenster hereingesunken und hatte ein Flirren mitgebracht. Ihr Körper bebte unter der Seide des Kleides, und sein Schmerz wurde nicht kleiner darunter. Ihre Stimme klang rau und röchelnd, die Worte flogen schwer durchs Zimmer. Vom Treppenhaus herauf polterten Schritte, ein anderer kam und trat in das Zimmer. Sie stoben auseinander, wie von einem Sog gezogen, in verschiedene Ecken des Raumes. Er dachte, er würde sie durch jede Nacht tragen, er dachte, er würde ihr Verlangen wecken. Sie bewegte ihre Arme im Raum, wie weiße Haken. Der andere Mann küsste sie auf den Mund und berührte ihre Taille. Seine Schläfen leuchteten verräterisch, und so schlug die Erkenntnis schnell und ungeahnt in ein brennendes Gefühl um. Trage dich mit Sanftmut und blicke stets hinauf und niemals in die verhängnisvolle Tiefe.

Von Zermalmung angestäubt? Von welcher Seite weht die Liebe herüber? Lass den Drachen gegen den Wind steigen. Achte auf den Süden, von dort nahen die Flüchtenden, aus der Hitze der Trägheit in die Kühle der nordischen Finanzwächter mit ihren glänzenden Häupten und den Lacklederumhängen, die sich in Falten bis auf den Boden schlagen. Sie sind gefeit gegen Staub, Kälte und giftige Pfeile.

In einem großen Pappkarton sind wir den Abhang hinuntergekugelt, die Pappe schützte vor den Brennnesseln, einfache Pappe machte das Vordringen in den Urwald möglich, dort, wo sonst kein Lebewesen seinen Fuß hinzusetzen wagte, lagen wir bequem in einer braunbeigen Geschütztheit. Später suchten wir bei Regen Zuflucht in einem Autowrack. Die Batterie war noch nicht ganz hinüber, wir konnten Radio hören, AFN. Verreck Kaffeehaus. Zu wenige Tage glühten wirklich, stets war der Wunsch nach Flimmern allgegenwärtig, aber er blieb meist der Vater des Gedankens, eine Mutter dazu, den Gedanken zu gebären, gab es nicht. Maria und Josef steh mir bei, Maria und Josef, die Vögel sitzen auf den Bäumen und schauen herunter. Die Katzen zerren ihre Beute ins Gebüsch. Hunde fressen an Ort und Stelle. Höchstens, dass die Vögel zu uns herunternicken, wie schwere Maiskolben. Eingefleischte AIDA-Kenner fühlen sich vom Nicken nicht angesprochen. Ich schon. Nichts führt daran vorbei. Tagsüber wird man geblendet, nicht nachts. Ein dicker Mann in einem zu engen Trainingsanzug überquert die Straße mit einer Boulevardzeitung unter dem Arm. Er trägt Pantoffeln in diesem grauen Schnee und ist bemüht, nicht auszurutschen. Hinter dem nächsten Gemäuer wartet dampfend eine Tasse Milchkaffee mit viel Zucker und dreierlei Marmelade in Plastikbehältnissen. Jeder Tag Urlaub macht sich bemerkbar. Die Brotmaschine ist ein unerlässliches Werkzeug, das Schneideblatt gleitet durch den Laib wie der Schwanenritter durch den Nebel. Freilich fallen Brösel an.

Auch du wirst einmal alles anders sehen. Dann wirst du ja sehen. Da wirst schaun. Pass nur auf und denk an mich, denk an meine Worte. Sie können heute ja gar nicht ermessen, was diese Zeit Ihnen einmal bedeuten wird. In vielen Jahren werden Sie erst in der Lage sein, den Sinn dieser Zeit zu begreifen und den Nutzen, den Sie daraus geschlagen haben, zu erkennen. Es schadet gar nichts, wenn dir mal ein bisschen Ordnung und Gehorsam beigebracht wird. Du kannst es gebrauchen, ha, ha, das kann ich mir vorstellen, die werden dir die Wadl schon viererichten, da wirst schaun. Bisd einmal heiratest, ist der Schmerz vorbei. Du redst dich noch leicht, in ein paar Jahren sieht alles anders aus, wart's ab. Werd erst einmal so alt wie ich, dann reden wir nochmal. Sie werden noch an mich denken, das verspreche ich Ihnen. Das wird Ihnen nachhängen. Das wird Sie was kosten. Das wird teuer. Das wird schon werden.

Ich war geschickt genug, mir einen Fensterplatz in der Straßenbahn zu ergattern, für Rentner stand ich nur auf, wenn sie mir wirklich gebrechlich erschienen. Ein rüstiger Sechziger kann doch noch drei Haltestellen stehen. Der Bettelei und Kokettiererei mit dem Schwerbehindertenausweis musste man nachgeben, auch wenn man einen wehen Fuß hatte. Ich hatte fast nie einen wehen Fuß. Die gebundene Kunst war nicht überzeugend. Ich wollte nicht Architektur studieren. Trotz zweier Informationsvorlesungen. Wirtschaftsingenieurwesen war das längere Wort. Betriebswirtschaft das ausgenudeltere. In der Mensa gab's ein gutes Weißbier, und die glatten Tische eigneten sich hervorragend zum Schafkopfen. Sogar der ein oder andere Professor gesellte sich dazu, wenn man dringend einen vierten Mann benötigte, na also. Als ich dann eine Wohnung suchte, war mir klar, dass ich mir in Oberbayern keine Butterbreze mehr werde leisten können. Höchstens über Beziehungen,

Vitamin B. Ich wurde ein Vitaminmensch. Vitamin A, Arschlöcher im näheren Bekanntenkreis waren mir zugetan, eine Mansardenbude, romantisch mit Ölofen. Ich schaffte es einfach nicht, die Ölkanne ohne verräterische Tropfen in den zweiten Stock hinaufzubringen. Die anderen Hausbewohner kamen für die Sauerei nicht in Frage, weil sie, jahrelangem Training ausgesetzt, unfehlbar wurden und deshalb logischerweise keinen ernsthaften Verdachtsmomenten ausgesetzt waren. Ich war alleinig im Kessel der Beschuldigungen gefangen und gab allerdings alles zu. Die Verblüffung wich schnell. Im Wiederholungsfalle wurden mir ernsthafte Konsequenzen angekündigt. Hielt ich nun die Kanne schräg nach hinten, schwappte halt alles hinten raus. Sie musste aber randvoll sein, damit der Ofen einen ganzen Tag brannte. Nachts aber drängelte sich das Dach über mir zusammen, und das war gut so.

Manchmal stehe ich auf der Benediktenwand, und alles liegt mir zu Füßen. Bei Föhn auch Italien. Meine Gefährten sind ahnungsvoll, auch sie steigen die Wand hinauf, um einen Blick in die Runde werfen zu können. Vom Gipfel aus gesehen kann man keine Straßen und Bürgersteige erkennen. Nur schwache Pünktchen in den Tälern künden von menschlichem Einfluss. Hier heroben, jenseits von Armut, jenseits von Krankheit, jenseits vom Herz der Erde atmet man die dünne Luft schwer in den Brustkorb hinein, zitternd erwartet jedes Lungenhärchen die sauerstoffschwache Luft. Aus dem Abgrund herauf scheint alles Schatten zu sein. Musik zieht vorbei, Vivaldi. Als führte man den Geigenbogen auf den weißen Würsten meines Hirnes, als könnten die eine Vibration ertragen. Von den Berghütten zieht auch Rauch herauf.

Der Rauch von den Hütten, vor dem man nicht verschont werden will.

Nach Garmisch ging's vorbei an benetzten Felswänden. Dreckgeschwärzte Netze sollten vor Steinschlag schützen. Garmisch war auch bloß ein Skiort, mehr nicht. Dann traf ich dieses Mädchen in dem coelinblauen Overall. Sie war es, die mir in vielen Träumen erschien. Einmal, als ich einen besonderen Rausch hatte. Sie hatte ein gerupftes Hendl auf ihrem Busen liegen, wie ein Küken sah das aus, und streichelte es, während sie mit der Linken masturbierte, ich schrie sie dauernd an, aber sie hörte mich nicht, und während sie in den Orgasmus hineinfiel, erdrückte sie in ihrer Erregung das Küken, das den offenen Schnabel einfach nicht an ihre Brustwarze heranführen konnte, und als dann das Finale kam, presste sie das Huhn, dass die Eingeweide nur so herausschossen, normal liegen die ja in einer kleinen Plastiktüte, alles verspritzt, ich musste mir übers Gesicht fahren, und dann wachte ich auf und bieselte gegen die Mauer neben meinem Bett, und meine Frau sagte, einen solchen Rausch hast schon lange nicht mehr gehabt.

Ja, ja, nichts mehr wird man finden, und es gibt keine Veranlassung, ordinär zu werden. Wenn Jaime nervös ist, fällt er in ein gebrochenes Russisch hinein. Er versteht sich dann selber nicht mehr. Er ritzt kyrillische Buchstaben in den Sand vor seiner Hütte und hofft, die Worte so verstehen zu können. Ein Zebra trabt heran. Musikalisch, das Galoppgeräusch. Darappdarappdarappdarappdarapp. Was ist das nur für ein Monat, rechts liegt Schnee, und links scheint die Sonne wie wahnsinnig. Wer trällert da? Ich finde nicht, dass es etwas zu trällern gibt. Schon sinkt wieder ein Film in mein Hirn, weiße Tücher verhüllen Frauenkörper, schwach sind die Konturen erkennbar. Dahinter steht versammelt die Sächsische Staatskapelle und werkelt an den Instrumenten rum, kein Ton hörbar. Da ist ja auch das Zebra wieder, gelbblau gestreift und brav wie Fury. Die Frauen tanzen, Salome ist auch dabei. Ein fetter Rocker auf einer Harley Davidson kreist um die Musiker. An den Wänden hängen Schwerter. Küchenhilfen laufen herbei und stellen sich ins Bild. Man schiebt ein paar Palmen heran. Sie stehen in schwarzen Eisenkübeln mit silbrigen Nieten. Jetzt kommen auch noch die Tennisspieler. Ein jeder hat einen eigenen Schläger. Ha, zwölf Leichtmatrosen tragen ein Rettungsboot, eins zum Rudern, vor die ganze Mannschaft. Das bringt Unruhe ins Geschehen, weil die Sächsische Staatskapelle sofort versucht, das Boot zu entern. Es beginnt eine viertelstündige Rauferei, die damit endet, dass die 8 Stärksten das Boot erobert haben und sich zufrieden und schwer atmend reinsetzen. Die anderen nehmen etwas ramponiert wieder Aufstellung und nesteln an ihren Frisuren. Weiter geht's. Bücher fallen vom Himmel, wie reife Äpfel. Alles duckt sich und schützt Schädel. Träges Warten, bis der Regen aufhört, Regen zu sein und das letzte Buch nach der letzten Zuckung tot wird. Eine Badewanne mit brennendem Wasser rollt ins Bild und stoppt so sanft, dass nichts herausschwappt. Eine Schatzkiste, schwer, und doch hüpfen die Neger, die sie tragen, sie schleudern die Beine wie im Tanz von sich, dass die Gelenke knacken und krachen. Ein Mann in einem grünen Anzug zaubert einen graubeigen PC aus dem Ärmel und stellt ihn zu Boden. Es knistert leicht, und dann implodiert der Bildschirm, Sprühfeuer. Ich kriege Lust auf ein Glas kalte Milch. Links steht eine Frau mit schweren Brüsten, die ihr auf den Bauch gesackt sind. Rotes Haar, jedoch ein künstliches Rot, also gefärbt? Jetzt kommen sieben Demokraten. Ab 7 kann man einen Verein gründen! steht in schlechtem Deutsch auf dem Transparent, das sie vor den Bäuchen halten. Ab 7 was? Doch ein Adeliger hängt am Griff einer Kanonenkugel und quäkt sich zu einer schwitzenden Stirn. Schwarz gekleidete Jecken weinen in offene Handflächen, dass der Tränensaft über den Handrücken hinüberläuft. Bunte Radfahrer halten mit quietschenden Bremsen vor alten Frauen, die kraftlos und erschöpft auf das rechte Knie gefallen sind. Mhm. Katzen springen, die Hinterläufe schnellen, von kraftvollen Muskeln gespannt, wie Klappmesser auseinander. Rückwärts gehend kommen zwanzig Krankenschwestern heran. Ich sehe die Strumpfnähte, und ich sehe die hälftigen Pobacken sich aneinander reiben. Zwischen den Schwertern, die sich an der Wand wie Uhrzeiger drehen, rieselt weißer Kalk herunter. Ein Operntenor reißt das Maul auf, dass man bis zum Dünndarm hinuntersehen kann, bis zum Dünndarm hinuntersehen kann, bis zum Dünndarm hinuntersehen kann.

Ich liege auf dem Rücken und sehe an den Beinen einer Frau hinauf in ihr Geschlecht. Sie müsste die Beine etwas mehr spreizen. Schneeflocken außerhalb des Rockes, immerhin ist mein Kopf geschützt. Meine Schuhe geben ein stabiles Gefühl her. Ein Zungenkuss ist schon ein Geschlechtsakt. Vom Zungenkuss zum Verkehr ist der Weg kurz, oft sind es nur mangelnde Örtlichkeiten, die alleine eine Verhinderung zur Folge haben können. Schenkel wie ein Ross. Dagegen steht ein faltiges Gebirge, verästelt winden sich die Täler um den ansteigenden Boden. Ich müsste nur mit der Kraft meiner Arme in den Kopfstand gehen können. Ich müsste einen Chinesen kennen, einen Neger und einen lateinamerikanischen Urwaldindianer. Ich müsste mir bunte Streifen ins Gesicht malen. Ich müsste grün sein. Grün müsste die Farbe meines Körpers sein. Ein Perser oder ein Zentralasiat könnte mein Freund sein, wir könnten in Arabien einen Urlaub machen und ein Bordell aufsuchen oder eine Moschee. Hölzerne Hampelmänner marschieren im Stechschritt in mein Schlafzimmer herein, allesamt homosexuell. Das kann ich an den rosa Sternen entdecken, die man ihnen auf die Brust geheftet hat. Dabei finde ich nicht, dass Homosexuelle Hampelmänner sind. Wieder hat man mir einen Streich gespielt. Ich gehe hin und reiße einem jeden einzeln den Stern von der Brust, da marschieren sie wieder hinaus, und ich stehe da, die Hand voller rosa Sterne. Lamas. Lamas streifen um mich herum. Die einzig denkbare Verteidigung ist die totale Entspannung, ein Zustand, den ich wohl nie erreichen werde. Rrrrrrrrrrrrrrrrrespekt vor der Dampflok, wenn's pfeift! Immer wieder fallen diese Jahrhundertwendesprüche meiner seligen Großmutter mütterlicherseits in mein Hirn, wie die Post in den Briefkasten. Das Klacken geknickten Papiers beim Auftreffen auf verzinktem Blech ist auch eine solche Verfolgung. Was das Aufklaffen zu bedeuten hat. Es klafft was auf. Soll ich es wieder zubinden, flicken, ficken. Legt mein Hirn in Formalin und reicht es herum, bis der eine oder die eine den gläsernen Behälter fallen lässt. Eine schöne Arie hat auch ein retardierendes Moment. Rrrrrrrrrrruckizuckizahnlucki. Zwischen der Taubenscheiße wird der Weg eng. Nur, mit langen Schritten kommt man nicht so schnell vorwärts. Ich hetze weiter links über den Kot, vielleicht ist mit Geschwindigkeit was zu machen. Die meisten fahren mit ihren Autos, aber sie täuschen sich. Wer keinen Pollenfilter hat, ist auch im Auto in Gefahr. Ich mache unzulässigerweise eine Pause. Einen Südtiroler Rotwein bilde ich mir ein, dabei hatte ich mir 1912 geschworen, beim Bier zu bleiben. Da rasen sie an mir vorbei, dass mir der Luftzug das Weinglas aus der Hand reißt. Drei Stunden Pause, 27 weitere Minuten unterschlage ich, da kommt einem das Aufstehen hart an. Hart. Vielleicht ist Sonntag, da könnte man sitzen bleiben. Ich klaue eine Kuh und benutze sie als Reittier. An den Hörnern halte ich mich fest, ich feiger Wicht. Vorbei geht's an Odelshausen, bin ich vielleicht verkehrt? Die Kuh folgt meinen Lenkbewegungen, aber besonders schnell ist die auch nicht. Am Horizont steht das gewaltige Weib wie ein Krieger. Der Schoß tropft. Ich muss dahin, sie wartet auf mich. Sie hat einen Hintern wie ein Pony und Brüste wie Mehlsäcke, und sie ist nackt wie nie. Noch einmal möchte ich hineinsacken in eine solche Frau und sie von oben bis unten abfingern. Ich könnte einen römischen Blick in ihre Augen zaubern, und sie käme sich nicht geschändet vor. Es scheitert alles an Kleinigkeiten. Ein Gummizugflieger könnte mich hinübertragen. Wo ist die Polizei, dein Freund und Helfer? Eine Hand voll Beamter kann ich doch einmal in zehn Jahren als anständiger Steuerzahler in Anspruch nehmen. Die exakte Dienstgradbezeichnung fehlt mir. Bei Herr Wachtmeister wäre ein jeder beleidigt. Mein ganzes Leben ist also ein fachterminologisches Problem. Würden die richtigen Wörter in meinem Kopf nisten, zöge vielleicht Helligkeit herein …

Soeben rüttelte es mich reflexartig. Wenn ich nicht so viel ertragen könnte. Die meisten Häuser kommen mir vor wie Baracken. Schäbige Haustüren halten die Welt draußen. Die Jahre vergehen, und junge Leute lassen sich zu Medizinern ausbilden. Andere schlagen eine juristische Laufbahn ein. Schnell wird aus einem Menschen A ein Dr. A. Sex in jedem Krankenhaus. Ich gehöre nicht in ein Krankenhaus. Einmal haben sie mir einen Furunkel aus dem linken Arm geschnitten, ein 5-Markstück großes Loch haben sie hineingeschnitten und 5 cm ausgehöhlt. Das wurde dann mit einer Mullbinde einfach zugestopft. Jeden Tag kam ein Wärter, äh, ein Pfleger und zog mir die angewachsene Mullbinde aus dem Loch. Sie halten das doch ohne Betäubung aus? Logisch. Er reichte mir einen Gummiknochen zum Draufbeißen. So lang waren dem seine Arme gar nicht, dass er die Mullbinde ohne Umgreifen herausbrachte. Und so saugfähig war das Bettlaken nicht, dass es meinem Schweiß widerstand. Ich kam sogar bis auf die Matratze durch. Oder meine Stirnhöhlenvereiterung. Da stieß man mir zwei dünne verchromte Kanülen durch die Nasenlöcher in den Kopf. Hinter mir stand eine Krankenschwester und stemmte ihren Busen an mein Haupt, damit der Doktor mit einem äußerst manuell ausgeführten Schlag die silbrigen Röhrchen krachend durch den Knochen treiben konnte. Ein Kreislauf war gebildet, und der Eiter konnte herausfließen in eine rote Plastikschüssel hinein. Was sie mit meinem Eiter schließlich gemacht haben, möcherte ich gerne wissen.

Denken heißt, mit den Ohren zu wackeln? Wenn nicht gegen die grassierende Primitivität angegangen wird, werden wir alle noch unser blaues Wunder erleben. Mir ist das nicht wurscht, ich schenke mir einen Whisky ein und fliege durch mein Wohnzimmer. Oder ich gehe mit meinem Fernseher spazieren. Sie haben jetzt ja ein Gerät entwickelt, das nicht mehr als 200 Gramm wiegt und das man auf einer Halterung, etwa der Mundharmonikahalterung eines Gitarrespielers entsprechend (der ja seine Hände braucht), vor der Birne hertragen kann. Echt heftig, Mann ist das geil, sich beim Spazierengehen MTV reinziehen, stundenlang, bis einem die Zehen abfrieren. Schwarz gefroren kann man sie pflücken, wie Zwetschgen, und in fremde Gärten werfen. Clips, Clips, Clips, als ob meine Traum- und Phantasiewelt nicht noch hässlicher werden könnte, als ob.

Ich glaube, ich bin aus der Mode, out of fashion. Aus der Fassung auch. Der Rhododendron lässt die Flügel hängen, wenn's ihm zu kalt ist. Der ist ehrlich. Auch er hat den Kot eines Hundes ertragen müssen. Eine Zisterne friert in meinen Wünschen. Mit dem gesammelten Wasser könnte ich meine unschuldigen Pflanzen besprengen, sie reinigen. Pflanzen haben tausend Arme, und ich muss mich mit zweien begnügen. Pflanzen werden noch neben mir hochwachsen, wenn ich schon endlich zusammengesackt bin. Allerdings mit einem Blechnapf in der Hand. Es sollte niemand erwarten, dass ich ohne einen nützlichen Gegenstand niedersacke. Mein Hymen ist zerrissen, der Rausch hängt mir schwer im Magen. Ach, jeder trägt stolz seine Genitalien spazieren, die Lymphknoten, voll von toxischen Rückständen, hängen im Körper wie Granatäpfel. Gestärkte Hemdkrägen entlasten auch die Halsmuskulatur, damit der Schädel im Wasser bleibt. Japaner schlafen zu siebt in einem Bett und wollen tausend Meter hohe Häuser bauen. Jeder legt sein eigenes Köchelverzeichnis an, zu Hause, abends um 8, wenn nicht gerade der wöchentliche Geschlechtsverkehr ansteht.

Die letzte Eiszeit ist so lange her wie die letzte Verbrennung. Magische Pferdehaare, ausgestunken, sollen von jeder Krankheit heilen, selbst von Tablettensucht. Schillernde Farbprospekte mit geschönten Daten erfüllen ihren Zweck scheinheilig. Münchener Dichter produzieren CDs, während ich mit Schweißfüßen um eine Entspannung ringe. Mir werden die Schreibmaschinen nachgeworfen. Gezielt wird auf den Kopf und getroffen nicht selten. Es schneit seit Monaten gleichmäßig vor sich hin, so lange, bis ich zornig werde. Entweder hört's jetzt mal auf, oder es soll richtig stürmen und wehen, sodass alles zusammenbricht und die Autoversicherer wegen Schäden in Milliardenhöhe die Prämien anzuheben gezwungen sind. So leicht gehen die nicht in die Knie. Oder es soll 4 Monate regnen. Dieses gleichmäßige Flockenrieseln, pro Kubikdezimeter eine Kristallanhäufung, als ob 500 jazzende Neger jede Flocke einzeln runterwerfen und jeweils ein Küsschen nachschicken. Wer ein Loch im Arsch hat, kann dies doch mit Hilfe eines Spiegels jederzeit selbst feststellen. Oder vielleicht nicht? Immer höflich, ist meine Devise. Ich hebe mit jedem ein Glas, und vor den Frauen verneige ich mich, ohne mich verstellen zu müssen. Aufgrund meines Alters hätte ich mit der PUNK-Szene aufwachsen müssen. Ich hätte eigentlich ein Punker werden sollen, ich bin eigentlich ein Punker geworden. Ich kann keine alten Lieder. Dies nun ist ein Mangel, der kausal für Verschiedenes verantwortlich sein könnte. Ist es doch empirisch erwiesen, dass man beim Herausschmettern eines Liedes bis zu 250 Kalorien verbraucht und eine Anregung stattfindet, ein Glücksgefühl eintritt. Ich darf deutlicher werden: Man konnte beim Aufdecken von Heiratsschwindlern feststellen, dass Durchschnittstypen bei Frauen die besten Chancen ha-

ben. Solche Tatsachen zerfallen mir zu Klumpen und fallen hämmernd von mir ab. Eine Traumwiese mit Gras wie Bartstoppeln, gleichmäßig und straff gegen den Wind gerichtet. Im Zeitraffertempo wieseln Menschen darüber. Es entsteht ein Bild, als würden ständig Glasscherben auseinander bersten. Dazu eine Schneeverwehung und ein Sand schleudernder Handarm. Die unangebrachte und unverhältnismäßige Anwendung von Gewalt sei eine offensichtliche Verletzung der Menschenrechte, sagt mein Radio. Das ist mir nicht neu. Auch das wird zu einem Klumpen. P. A. wurde mehrfach mit deutschen und europäischen Kompositionspreisen ausgezeichnet. Wir hören ein Musikstück mit zwei Hörnern und zwei Streichern, sagt mein Radio. Ich trage keinen Falken auf meiner Faust, definitiv nicht, ich spüre auch keiner Folgerichtigkeit nach. Ich füge mich meiner Mutter nicht. Ich stehe auch nicht mit beiden Beinen in der Milch der gesäugten Energie. Projektion kann man mir vorwerfen. Ich träumte aber auch von hellen, klaren Feldern, blauen Bäumen, ich träumte von leisen Straßen, von explosionslosem Schweben über Landschaftsadern und ich träumte von Geld, von richtigen Tausendern, von Nullen im Haben, von einem neu riechenden Auto, von einer guten Lederjacke und von sehr guten Speiselokalen und teuren Weibern. Alles habe ich erreicht, nur die teuren Weiber nicht. Sie bleiben mir vorenthalten, diese wohlriechenden ägyptischen Hügellandschaften. Ich fühlte mich nicht ganz korrekt gewürdigt, zumal ich auch der Meinung war, recht markant auszusehen. Eines Tages entschloss ich mich zur Selbsthilfe. Ich hob 300 Mark von meinem Konto ab und zog sofort entsprechende Erkundigungen, entsprechende Etablissements betreffend, ein.
 Etwas wurde mir offensichtlich nicht korrekt übermittelt,

denn das ausgesuchte Haus war etwas zu vornehm für mich, normaler Geschlechtsverkehr, nackt, 500,–. Ja, um Himmels willen, ich konnte mir nicht mal einen normalen Geschlechtsakt, nackt, leisten. 500? 500! Sag bloß, du hast keine 500 Mark. Was mir noch auffiel, war ein taubenblauer Teppich. Eine Handmassage für 300,– lehnte ich ab.

Boxen und Tennis

Federnd betritt mein Anwalt den Platz. Seine Tennisschuhe schlagen den Glanz der Sonne zurück ins Universum. Sein Trikot schimmert matt in der Juniluft. Das blond geföhnte Haar liegt diszipliniert über den Ohren, fest und entschlossen liegen seine Finger um den Griff des Schlägers, ein Degen, den er kunstvoll gegen mich zu führen gedenkt. Er blickt konzentriert übers Netz, hier komme ich, meine Tennisschuhe schlagen Staub in den Wind, mein Trikot schimmert feucht auf meiner Brust.

Mein Haar stemmt sich gespreizt ins Universum, und meine Finger legen sich beinahe zärtlich um den Griff meines Schlägers, einer Machete, die ich gewaltig gegen den Ball zu schmettern beabsichtige. Ich federe übrigens kaum. Zunächst weht mich ein Wind des Respektes an. Aufwärmen? Ich bin immer warm. Die ersten Ballwechsel. Elegant, mein Gegenüber, sehr elegant, schnell wie ein Windhund, geschmeidig wie eine Gazelle, geschickt wie ein Otter, taktisch wie eine Fledermaus. Was habe ich dem entgegenzusetzen? Schnell wie ein Nashorn, geschmeidig wie ein Frosch, geschickt wie eine Wasserlaus und taktisch wie ein Känguru. Meine Machete wirbelt grob in der Luft, zerschneidet das Stimmungsgebilde, über mir hängen Fetzen des Lichtes, während mein Freund Rudi ein feines Schnittmuster in den Himmel zeichnet. Sieg oder Niederlage, Freude oder Trauer, Ruhm oder Weißbier. Komm schon, rüber mit der Kugel, ich werd dir zeigen, wo der Hammer hängt, komm schon. Nun, ich bin vielleicht ein wenig ungehobelt, ein bisschen laut meinetwegen auch, dafür konnte ich eine kindliche Ungezwungenheit in mein Spiel hineinretten, in mein Tennis. Ich spiele hart, aber unkontrolliert, frech, aber gänzlich ohne taktische Gemeinheiten. Ich verlor. Ich habe verloren. Alles verloren. Hängenden Hauptes schlich ich ans Netz, wo mein Freund Rudi die Hand zum Gruße streckte. Eine solche Ungerechtigkeit. Eine solche Niedertracht. Ich bin mehr fürs Boxen.

Boxen berührt meine Seele. Nicht jeder kann das nachvollziehen. Tanz der Fäuste, Männerschweiß, Seilgeviert, blitzende Schläge, bei allen Schlägen, die zum K.o. führen, kommt es reflektorisch und blitzartig zu Durchblutungsstörungen und damit zum Funktionsverlust wichtiger Nervenzentren im Gehirn. Im antiken Faustkampf galten nur Kopftreffer. Das im 18. und 19. Jahrhundert in England entwickelte Boxen in der heutigen Form lässt auch Körpertreffer oberhalb der Gürtellinie zu. Neben Kinnwinkel, Kinnspitze und Schläfe hat sich die Zahl der K.o.-Punkte damit um mindestens 3 erhöht: Herz, Solarplexus und Leber. Allerdings wurden in der Antike die Fäuste lediglich mit Rindlederriemen umwickelt, bei den römischen Gladiatoren waren es harte Kernlederstreifen mit Metalldornen. Die Kämpfe gingen bis zum Tode eines Kontrahenten. Heutzutage ist Boxen weit weniger gefährlich als allgemein angenommen. Man sollte niemanden mit Statistiken langweilen, aber Amateurboxen liegt bei den Unfallzahlen weit hinter Fußball, Handball etc. Mit der Entwicklung unserer Gesellschaft hin zu einer dekadenten Medienreligionsgemeinschaft und dem Siegeszug der privaten Fernsehkanäle, die doch ganz erheblich zu einer unnötigen Progression der allgemeinen Volksverblödung beigetragen haben und beitragen, ein Ende ist nicht abzusehen, hat auch das Boxen eine Renaissance von nicht vorhersehbarem Ausmaß erreicht. Um genau zu sein, betrifft diese Entwicklung in erster Linie den Profiboxsport. Der Amateurboxsport hinkt diesem Aufschwung linkisch nach. Dies ist eine Feststellung, die nicht mittelbar als eine Verurteilung des Profiboxens zu interpretieren ist. Beides ist Boxen, mit unterschiedlichen Regeln. Übrigens, auch Frauen möchten boxen, in diesem unserem Vaterlande wurde unlängst der erste Weltfrauenboxverband gegründet. Ich möchte darauf nicht näher eingehen. Boxen ist nicht die edle Kunst der Selbstverteidigung. Dafür gibt es weit effizientere und vor allem deutlicher dafür ausgelegte asiatische Kampfsportarten. Boxen ist auch nicht nur Sport, eigentlich ist es gar kein Sport. Boxen hat nichts Spielerisches. Das ist der entscheidene Unterschied zum Sport. Es ist ein atavistischer, fataler Tanz: kämpfende Männer, die eines der edelsten Charaktermerkmale herausfordern, Mut.

In Zusammenhang mit anachronistischen Werten wie Tapferkeit und Aufrichtigkeit, die beim Boxen ebenfalls eine starke Rolle spielen, ergibt sich das vollkommenere deutsche Wort: Edelmut. Das ist zweifelsohne nicht mehr modern, wer ist denn heute schon noch edelmütig. Keine Sau. Jeder will den anderen in die Pfanne hauen, im Beruf, in der Ehe oder sonst wo, den anderen in die Pfanne hauen ist die Regel, es ist sogar eine mittlerweile sanktionierte Vorgehensweise. Wenn aber zwei Boxer sich im Ring gegenüberstehen, ist es brutal und sinnlos, das ist die Logik unserer Tage. Der Kampf im Ring ist die Abkehr von der Normalität, mit dem Gong fällt die so genannte Normalität von Kämpfern und Zuschauern ab, wie eine reife Birne von einem knorrigen Ast. Der Boxer bricht mit seinem Instinkt, Gefahr und Schmerz zu vermeiden, er stellt sich dieser Kampfsituation bedingungslos, um eine transzendentale Gefühlsebene herbeiführen zu können. Das ist es, was ich am Boxen so liebe. Darum ist Boxen auch keine Metapher für das Leben, wie so oft angenommen. Das Leben ähnelt aus vielerlei anderen Gründen dem Boxen. Der Kampf ist ein dialektischer Weg, kein Ritus, vorangestellt wird der profane Knockout, dieses Ziel ist notwendig, um die Transzendenz aufrechtzuerhalten. Die Abfolge von Aktionen und Reaktionen wird sozusagen aus der Realität in eine andere Wahrheitsebene transportiert. Und zwar nicht nur von den Kämpfern, jeder Zuschauer kann sich beteiligen, weil alles im Kopf stattfindet. Im Idealfall findet eine Berührung der Seele statt.

Der Mulatte war 19 und mit 78 Kilo im Halbschwergewicht im Programm dieser Veranstaltung geführt. Er kämpfte gegen einen 26-jährigen Italiener. Der Italiener war ein ausgezeichneter Boxer, ein Techniker mit wesentlich mehr Erfahrung als der Mulatte. Er ließ ihn kommen, boxte sehr effektiv und war ungemein schnell auf den Beinen. Am Ende der ersten Runde japste der Mulatte schon bedenklich nach Luft und ließ sich einen Cut an der rechten Braue behandeln. Der Italiener setzte sich nicht mal hin. Er unterhielt sich mit seinem Trainer, es sah fast so aus, als redeten sie über ein neues Auto oder den Wetterbericht. In der zweiten Runde war es noch schlimmer. Der Mulatte ging vorwärts, schlug wilde Haken, versuchte, seinen Gegner zu stellen, aber der Italiener tänzelte mühelos an allem vorbei, sah die Lücken und landete einen harten Treffer nach dem anderen. Das rechte Auge meines dunkelhäutigen Freundes schwoll zu, der Cut wurde schlimmer, und dieser Italiener schien immer lockerer zu werden. Renn doch nicht immer so in ihn rein, entfuhr es mir, aber er ließ sich vom johlenden Publikum nur noch mehr nach vorne treiben. Er wurde zweimal angezählt, und es hätte nicht viel gefehlt, und er hätte diese Runde nicht überstanden. Dann kam die dritte Runde. Heutzutage hätte man den Mulatten gar nicht mehr aus der Ecke gelassen, aber er kam raus. Sein Trainer hatte ihm zwar die Leviten gelesen, aber er ging wieder erbarmungslos nach vorne. Sein Trikot war mittlerweile blutverschmiert, er ging vorwärts. Plötzlich verstand ich ihn. Er wusste, dass er keine Chance hat. Er ging vorwärts. Der Italiener boxte immer besser. Er servierte ihm eine nach der anderen. Ich zuckte bei jedem Schlag mit. Dieser Italiener konnte einfach alles. Er
 dirigierte mit seiner Führhand, er schlug hart mit der

Rechten, er nutzte jeden Schlagversuch des Mulatten zu einem schulbuchmäßigen Cross, er hatte eine sichere Deckung und diese schnellen Beine. Er gibt auf, dachte ich, er muss aufgeben. Dann kam eine fürchterliche Rechte des Italieners, der Mulatte musste auf die Knie. Bei 5 stand er wieder. *Bleib doch bis 8 unten, schrie ich.* Er war wieder da und ging vorwärts. Dann erwischte er ihn. Ein Aufwärtshaken, als käme er direkt von Joe Frazier. Er kam fast völlig ohne Widerstand unter der Deckung direkt an die Kinnspitze durch. Der Italiener fiel wie eine Wand.

Max Schmeling hat mich nicht empfangen. Na ja, er war schlecht beieinand, also er kränkelte, hüpft ja auch noch fast jeden Tag in seiner Firma rum. Mensch Max, ich hätte sogar ein Cola mit dir getrunken. Max is doing allright, haben die Amerikaner in den Dreißigern gesagt, und sie mögen ihn heute noch. Mein Nachbar arbeitet auch für diese amerikanische Firma, und er trifft ihn auch ab und zu, da wollte er es einfädeln, aber irgendwie haben wir es nicht so geschickt hingekriegt wie Wondratschek. Musste ich lachen, als ich das Bild in seinem Buch *Menschen, Orte, Fäuste* sah. Schmeling hält ihm die berühmte rechte Faust ans Kinn, und er vergräbt in einer idiotischen Lässigkeit seine Hände in den Hosen. Möchte doch wissen, was Wondratschek mit Bert Brecht gemeinsam hat.

Drüben rennt ein Mädchen rum. Ihr Zopf wirbelt durch die Luft. Chlorophyllhaltige Farben dominieren eindeutig. Wir kamen von der Schule und spielten Fußball, bis die Dunkelheit hereinbrach und das Gras feucht wurde. Ein abstraktes Gefühl beschlich mich beim Nachhausegehen über diese Sportplätze, als mir die Entfernung mit jedem

Schritt bewusster wurde, als ich merkte, dass es ein körperlicher Vorgang ist zu gehen und dabei zielgerichtet vorwärts zu gelangen. Später empfand ich jedes Spiel als Verlotterung, ich wollte nicht mehr so spielerisch sein. Ich wollte mich nicht am Sport verschwenden. Es ist mir schon passiert, dass ich während eines Tennismatches von einer Langeweile angesprungen wurde. Die Bälle mal rechts und mal links zu servieren, lang, kurz, hart, weich, was soll das, Punkte zählen, gewinnen, verlieren, eine Finte, Geschicklichkeit, Pech, was da alles mitspielt. Das könnt doch mal wieder eine richtige Mandelentzündung geben, Schmerzen bei jedem Schluck von diesem greislichen Kaffee, ein Mann wie ich kann sich nicht auf Tee einlassen, da werden wir dann halt ein bisschen mit Kirschwasser nachhelfen, gelt, der Geist wird mich beflügeln. Fußball war meine Jugendleidenschaft. Ich war ein offensiver Mittelfeldmann mit filigraner Technik, Übersicht und einer gehörigen Portion Aggression. Immer rein ins Getümmel. Tausendmal das Trikot übergestreift und wie oft die gegnerischen Waden betrachtet? 16er Aluminiumstollen waren der Tod eines jeden Regenwurmes, und wenn mich jemand ins nasse Gras riss, roch ich die schwarze Erde, und die Erinnerung an eine Scham kroch schleichend heran. Jeden Tag Schusstraining, jeden Tag Dribbeln, jeden Tag Leitungswasser und Reinigen der Schuhe mittels Bürstenwerkzeug. An den Wochenenden die Spiele, Massageöl verhalf zu glänzenden Oberschenkeln, und Isolierband vermied das Rutschen der Stutzen. Die Hosen wurden knielang bevorzugt, und wenn man in den dunklen Gängen der Umzugshallen die Stollen von 15 Spielern auf den Steinböden klacken hörte, fühlte man sich kriegerisch. Der Platzwart hantierte mit Riesenschlüsselbunden, und knarrend öffneten sich die Türen, Bälle schlugen draußen dumpf aufs Gras, schließlich ging's an Fahrrädern vorbei auf den Platz, Übergang von Gehen zum Laufen, Dehnungsübungen, heute sagt man wahrscheinlich Streching, und wenn draußen Mädchen standen, ging alles noch ein bisschen eleganter. Jake LaMotta war Weltmeister im Mittelgewicht und Robert de Niro hat sich als sein Darsteller in dem Film *Wie ein wilder Stier* 50 Pfund angefressen. Im Großen und Ganzen für eine Szene, in der er in einer Telefonzelle steht und sich sein Bauch unter dem zu kurzen Hemd herausschält. Ein guter Film, der viel übers Boxen sagen kann. Jake wollte frei sein. Was drängt denn da alles heran? Wegbleiben, sag ich, wegbleiben. Ein Mann geht in den Ring und löst sich damit von den Konventionen. Ist das nichts? Sagen Sie nicht, es wären doch Regeln da. Mit dem Gongschlag werden sie bedeutungslos. Ich mag auch gar nicht mehr von dem doch sehr ausgelutschten Begriff Transzendenz sprechen. Der Boxer muss sich bewegen, Stillstand ist Erstarrung, er bewegt sich, setzt Energie frei, die er dann umwandelt. Wut über Ungerechtigkeit steckt auch in jedem Schlag. Jake LaMotta hat Sugar Ray Robinson in einer Runde sechsmal umgehauen und den Kampf trotzdem verloren. Ich sollte Kontakt zu Henry Maske aufnehmen. Es ist nicht gut, wenn ihm Wondratschek den Bademantel bekritzelt. Ich muss Ihnen noch einen Tipp geben. Wenn Sie zum Beispiel Libellen fangen möchten, kann ein Fernglas gute Dienste leisten. Einige Arten müssen allerdings nach dem Fangen in die Hand genommen werden, um die Art mit Sicherheit bestimmen zu können. Bitte niemals an den Flügeln anfassen, immer an den Thoraxseiten! Das sind die Brustseiten. Und keine Angst haben, Libellen können nicht stechen, höchstens beißen. Seien Sie vorsichtig und lassen Sie das Tier auch wieder frei, eine Libellensammlung hat ja heutzutage keinen Sinn mehr! Oh, was das für ein Glücksgefühl sein muss, einen Orthetrum brunneum Fonscolombe, einen Südlichen Blaupfeil, in Händen zu halten. Ich habe in meinem ganzen Leben kein so schönes Blau gesehen. Die Bereifung dieser Libelle überzieht übrigens beim reifen Männchen auch den Thorax vollständig.

Die deutsche Bundeswehr stellte bei meinem Eignungs- und Intelligenztest eine herausragende linguistische Begabung fest. Elite. Russisch lernen.

Wenn mich nicht alles täuscht, mein lieber Link, dann sind sie nicht rasiert.

....

Würden Sie die Güte haben, mir zu antworten?

Jawohl, Herr Stabsunteroffizier.

Also, sind Sie nun rasiert oder nicht?

Jawohl, Herr Stabsunteroffizier.

So, so.

Der junge Unteroffizier kam ganz nah auf mich zu und äugte mir aufs Kinn.

Also lernte ich Russisch. Eine schöne Sprache. Vielleicht ein wenig schwierig, aber immerhin besser, als hinter Panzern nachzulaufen, dachte ich mir. Der Intelligenztest hatte nicht getäuscht, ich schloss die Sprachprüfung nach drei Monaten mit ausreichend ab.

Die Eiche droht aus den deutschen Wäldern zu verschwinden. Die Eiche wird dahingerafft. Zuerst die Rinde. Dunkle, feuchte Flecken. Dann die Krone. Immer lichter. Dann kommen Pilze und Insekten und geben dem geschwächten Baum den Rest. Was bleibt? Tote, blatt- und rindenlose Stümpfe. Westlich von Frankfurt begann es vor zehn Jahren. Damals waren nur einige 180 Jahre alte Bäume betroffen, heute ist es dramatisch. Rote Kreuze kennzeichnen Abgestorbenheit. Auch junge Bäume weisen inszwischen tödliche Symptome auf. Auch Hessen ist betroffen. Waldschutzreferenten reden europäisch. Die Kronen werden immer schütterer, der Blattverlust hat sich verdreifacht. Mehrere Faktoren müssen zusammenwirken. Trockenheit und strenge Fröste kommen als Auslöser in Frage. Luftschadstoffe, hohe Stickstoffbelastung, Jahr für Jahr rieseln 30 Kilogramm auf jeden Hektar nieder. Stickstoff ist nötig, aber das ist zu viel. Die Bäume wachsen sich tot. Die Zweige verhärten sich nicht für den Winter, sie bleiben weich und wachsen weiter. Aufforstungsversuche. Frustration. Forstleute scheitern an mannshohem Gras. Dort fühlen sich Mäuse wohl, die die Wurzeln schädigen. Der wachsende Anteil kranker Bäume sei ein Zeichen dafür, dass sich die Natur von den menschlichen Eingriffen nicht mehr erholen könne, so die Süddeutsche Zeitung, verloren hat man ja schnell, heutzutage. Eine Cola wär jetzt recht. Eine saukalte. Nachdem ja jetzt meine Frau den Volvo fährt und ich den alten R4, geht die Landstraße zwischen Aubing und Puchheim nicht mehr mit 160. Ab jetzt werde ich von der S-Bahn überholt. Der ganze Zug mit Coca-Cola-Aufschrift, schreiend rot donnert er an mir vorbei, obwohl ich das Gaspedal bis aufs Bodenblech durchgedrückt halte. Mehr als 90 geht auf der kurzen Geraden nicht heraus aus dem Renault. Ich habe auch eine Werbeaufschrift drauf, das Übersetzungsbusiness muss mich ja ernähren. Montags bis freitags von 9.00 Uhr bis 17.00 Uhr. Seit fünf Jahren versuche ich, das Finanzamt zu bescheißen, aber so blöd sind die ja gar nicht. Gut, meine Bücher juble ich alle dem Büro rein. Jedenfalls müssten die eigentlich alle einzeln klassifiziert werden, die Bücher, auf den Rechnungen, hat mir mein Steuerberater erklärt, sonst gilt's eigentlich nicht, irgendwie so. Wenn da jetzt draufsteht Naked Lunch, W. Burroughs, dann geht mir das nicht als Wörterbuch durch, und der Betriebsprüfer würde mir das streichen, sofern er sich ein bisschen auskennt. Aha! Jetzt bin ich ratlos, habe das Problem verdrängt. Habe bereits einige Male ohne Fachbuchquittung eingekauft. Habe aber auch andere Probleme. Ein anderer Schachzug gegen das Finanzamt war der Erwerb einer Immobilie in den neuen Bundesländern. Ich unterschrieb mit Vehemenz. Nun war aber der Geschäftsführer der Baugesellschaft immer auf dem Golfplatz in Olching, und auf der Baustelle in Halbe vor Berlin klauten neue Bundesbürger neue Baumaterialien. Die Sache wird jedoch noch komplizierter, weil die Provisionszahlungen sehr hoch ausfielen, und dann ließ man auch noch andere Gelder versacken, sodass die Baugesellschaft zum Schluss kein Geld nicht mehr gehabt hat. Das ging also auch kräftig in die Binsen. So hat das Finanzamt schnell 2:0 in Führung gelegen. Doch niemand will das Finanzamt mystifizieren. Ich dachte mir, gut, wenn sich die nicht bescheißen lassen, dann muss ich mehr Umsatz machen. So gab ich den Kauf von 4500 Adressen für eine Werbesendung in Auftrag. Von diesen Adressen waren jedoch 2000 Anschriften allein stehenden Prothesenträgern zugehörig, die keinerlei Übersetzungsarbeiten benötigen. Fehlersuche. Sofort gab ich die Fehlersuche in Auftrag. Wer war verantwortlich? Ein Computer. Da nun aber schon alles gedruckt war und die Portooptimierungsmöglichkeit der deutschen Bundespost das ein oder andere voraussetzt und so weiter, konnte nichts mehr rückgängig gemacht werden. So geht das hier tagein tagaus, ein Geschäftsführer hat's auch nicht immer leicht. Es ist jedoch Tatsache, dass dieses Büro die Existenzgrundlage für mich und meine Familie, ich meine, das muss man ja auch sehen. Mehr noch, ich zwicke von meiner Arbeitszeit täglich mehrere Stunden ab, um der Literatur zu frönen. Das ist in meinem Arbeitsvertrag nicht vorgesehen.

Als Student fuhr ich auch Taxi. Die Stammfahrer schworen sich gegen die Studenten zusammen. Am schlimmsten waren die Pasinger. Als ich am Stand nach einer Dreiviertelstunde endlich an der Reihe war, rief einer von einer Telefonzelle aus an und schickte mich in die Marschnerstraße 47a. Es gab kein 47a. The winner takes it all. Ich hatte verschiedene Jobs und versäumte es, mich an der grassierenden Gewinnmaximierung zu beteiligen. Sie müssen mehr machen, stellte mein Steuerberater sachlich fest, und ich warf die Stirn in Falten. Hitzewallungen kann man eine Zeit lang durch Ablegen von Kleidungsstücken begegnen, aber halt nur eine Zeit lang. Ich sitz oft nackt vorm Schreibtisch, sozusagen aller Mittel entledigt. Eine schöne Konstruktion wäre eine Brause mit Handzugkette über meinem Haupt. Allzeit zur Abkühlung bereit. Mein Vater kaufte mir ein gelbes Mofa aus französischer Produktion. Warum keine Zündapp, dachte ich mir, oder wenigstens eine Hercules. Selbst die greislige, aber gute Kreidler hätte ich lieber gehabt. Kleine Räder hatte mein Mofa. Sofort auffrisieren, dachte ich mir. Jetzt war die Fahrt zum Max-Planck-Gymnasium ein Klacks, rein in die Bäckerstraße und dann hint rüber beim Czihak vorbei, alles mit Vollgas. Alles lachte über die kleinen Räder, aber ich hatte schon zwei andere Ritzel drin, und das langte für fast 50. Ich mag keine Zündapp, wenn's keine 50 geht, sagte ich. Ach ja, im Mendis lernte ich zwei Schwule kennen, die mich vernaschen wollten. Jeder ist zumindest bi, klärten sie mich auf. Sie küssten sich wild und nass, sodass ich wegschauen musste. Ich wusste gar nicht, dass das Mendis eine Schwulenkneipe war. Sie zahlten mir mein Bier. Ich war der Star, und man teilte mich schon ein. Ich verließ das Lokal. Draußen mischten drei Rocker einen Schwulen auf. Sie hatten Schlagringe, die im Laternenlicht funkelten, und das Stöhnen des Traktierten peitschte sie zu noch größerer Brutalität. Ich überlegte schon kurz, weil sie zu dritt waren, aber schließlich trat ich dem Ersten in die Eier, dass er zusammensackte. Das war schon alles, an den Rest kann ich mich nicht mehr erinnern. Nur noch an den blechernen Dachhimmel des Polizei-VW-Busses. Sie schleppten mich in ein weißes Zimmer und legten viele weiße Laken auf mich.

Aber das ist ja noch gar nichts. Die Zeit schritt fort, und man nötigte mich zu der Überlegung, verschiedenen Fraktionen beizutreten:

1) Der Fraktion der Lebensversicherungsbesitzer
2) Der Fraktion der Betriebswirtschaftsstudenten
3) Der Fraktion der Langstrecken- und Gernefahrer
4) Der Fraktion der Eigentumswohnungskäufer
5) Der Fraktion der Arbeitsplatzsicherheitsfetischisten
6) Der Fraktion der Hobby-Lobbyisten
7) Der Fraktion der BMW-Fans
8) Der Fraktion der Kontobesitzer

Und so weiter, da nahte ein Getümmel, die mitschwingende Druckwelle drohte die letzten Grashalme platt zu drücken. Deshalb ließ ich viele Tage zerrinnen. Weiter zurück zu meiner Carrera-Rennbahn. Noch weiter zurück zu meinem Kran aus Blech, zu den gestreiften Schlafanzügen, die anfangs so kalt waren, zu dem alten wilden Schupfen hinter unserem Haus. Da stand die Blechbadewanne mit handunfreundlich geformten Griffen, in der ich mit meinem Bruder einmal die Woche gebadet wurde. Meine Mutter erinnerte mich stets daran, den Apfelbutzen nur gänzlich abgenagt wegzuwerfen. Und ich soll evasiv sein? Hie und da muss ich schon was abstreiten. Das Leben rennt neben mir und zerrt mich mit. Ich lasse mich ab und zu verhaften. Gerne stelle ich ein Exempel dar. Meine sehr verehrten Damen und Herren: Dies ist Heiner Link, beschuldigt der totalen Subversion sowie der hemmungslosen Onanie. 149 Jahre Einzelhaft warten auf ihn. Dieser Mann wird verfaulen wie die Ewigkeit. Sehen Sie. Es gibt keine unlösbaren Probleme. Höchstens Dings, verworrene, nein, nicht existente Beweggründe. Ein Fernsehmoderator verdient 150 000,– DM pro Woche. Hoppala. Ein Arzt, wenn ein Hirn hat, macht er 750,– die halbe Stunde, das macht zirka 250 000,– im Monat, was natürlich zu bestreiten wäre, weil er ja nicht eine jede einzelne halbe Stunde ausgelastet ist und Kosten hat. Ich will auf den Mond. Ich habe ein Anrecht auf den Mond. Mond her. So teuer kann ein Raketerl nicht sein. Ich will eine blaue. Mit Bullaugen. Da schaue ich dann raus, da sehe ich die Entfernung wachsen, und hinten läuft die Musik, die klassische. Saubequem liege ich auf einem schrägen Sofa, ein Schopperl Wein, eine Zigarre und einen liederlichen Menschen ganz nah bei mir. Da geh her und rutsch auf meinen Schoß. Sackradi. Eine Spinnwebe vom Holzfenster zur kalkweißen Wand. Wo ich dieses Zimmer täglich nutze, und einmal wöchentlich wird es von einer Putzfrau frequentiert. Vielleicht siecht die nix. A Bruin breicherts. Mit siebzg Jor.

Ché Guevara, von dem habe ich im Revolutionsmuseum in Havanna ein Unterhemd oder eine Patronenhülse gesehen. Vor dem Museum steht die Granma. Alles sollte besser werden. Ich sterbe für das duftende Strumpfband einer Stewardess. Schnell bin ich ziemlich alt geworden. Wie ein Pistolenschuss hat es mich durch die Zeit geschossen, was «es»? und ich konnte höchstens die Zähne blecken. Ich hau dem Gaul aufs Maul. Nun, dies ist schon eine Zeit her, da stand ich in einem Stall und freute mich am Anblick eines Fohlens, als dieser Gaul hinter meinem Rücken seinen Hals aus seiner Box rausstreckte und mich in die Schulter biss. Das ist und war eine sehr ernste Angelegenheit, und ich bin raus und holte eine Karotte und eine blecherne Handkehrschaufel. Mit links hielt ich dem Gaul die Karotte hin, und mit rechts und damit mit der Kehrschaufel haute ich dem Gaul aufs Maul. Das war schon ein versöhnliches Geräusch. Drei Minuten hat er gezittert wie Espenlaub, und das war nicht zu wenig. Aber was sind schon blaue Flecken. Was sind schon ledrige Pferdelippen, die ein wenig anschwellen.

Den Respektmangel muss ich anmahnen. Zahlt jemand seine Rechnung nicht, ist er schon mal 1:0 vorne. Das Führungstor. Jetzt sind die anderen am Zug. Kurzes Tschecken der Lage, Mahnbescheid. Jetzt kommen die Anwälte ins Spiel. Man kann immer was finden, also verliert man knapp, aber unverdient. Das erste Tor ist halt doch entscheidend. Wir spielen Kick and Rush. Haut das Ding nach vorne, und dann wird hinterhergestampft, alles niedergemalmt, und dann wird da vorne so lange auf die Kugel eingetreten, bis sie im Netz hängt. Sackradi, das ist doch nicht so schlimm. So geht das Spiel halt. Sie brauchen einen quirligen Stürmer, einen holzigen Vorstopper, einen blöden Libero und einen langhaarigen Reschissör. Der hat die 10. Ich kann einen Zigarrenstumpen 18 Meter weit werfen. Natürlich kommt das auch auf den Wind an. Passens einmal obacht:

Rote Fahnen, vom Wind gebeutelt, schreien in die Luft. Wir stehen aber am Boden und schauen virtuos nach oben. Die Augen verklärt, und tränen sie auch? Ach, woher. Es kommt ein Lastkraftwagen dahergeträllert, und eine Hand voll männliche Menschen in harten, blauen Overalls steigt aus. So weit so gut, jetzt werden schnell die Fahnen gewechselt. Zack hängt eine blaue droben, oder ist das Schwarz? Flimmern. Rimini. Rasthof. Ritterkreuz. Ich nehm immer die teuren Ölsardinen. Zwoneunundvierzig, nix A&P. Wollen Sie einen Suizid mit Fischgräten riskieren? Ich sage … Lassen Sie mich schnell noch einmal abschweifen. In diesem Scheißzimmer aß ich meine Wurstsemmeln und hegte harte Gedanken. Niemand ahnte diese Gedanken, niemand war auch ursächlich interessiert. Das Spiel wird zunehmend schwerer, die Gegner raffinierter und ich machte meinen Weg über die Wurstsemmel, die profan meinen Hunger stillte und die mir kaum mehr als sechs Bissen wert war. Chiffre, mit Chiffre geht es.

Ist es nicht schön, aus dem Keller heraufzusteigen? Schon? Na also! Aus dem Dunkel des Untergrundes hebt man sich ins Licht, und nach kurzem Zwinkern kann man unangestrengt sehen. Wahrscheinlich ist es nicht, dass ich dann keine Dasweißichschondeppen mehr sehe, wahrscheinlich gibt es dann immer noch Ichwarzuerstda- oder Ichhabeinenhaufenkohleundkaufdirdeinenarschabtypen, wahrscheinlich bin ich doch ein Romantiker. Wahrscheinlich scheint draußen die Sonne, und regnen tut es nur in diesem Zimmer. Ich möchte einen Militärmarsch hören. Nach einem Mikrofon verlange ich nicht. Ich schaue einmal zum Fenster hinaus und kann im Putz des Nachbarhauses schöne Gesichter entdecken. Wenn ich auf einen kleinen Mauervorsprung sinke, ist es aus. Wenn ich ins Gras sinke, ist es auch aus. Wie kann ich das Anschwellen eindämmen. Ohne Fragezeichen. Sehen wie durch Netze, der Blick schon im Vordergrund aufgehalten. Die Stadt mag blühen. Wenn wir die Betriebe nicht davon überzeugen können, dass mehr und besser ausgebildet wird, gefährden wir einen letzten und windigen Standortvorteil. Unsere Bundesrepublik. Schafe stehen vierbeinig auf unseren Weiden, unangreifbar.

1) Harry, der Hauptheld, ein erfolgreicher Jungunternehmer, der Schmuck aus Kalkutta importiert und hier an große Versandhäuser verkauft, fährt einen roten Porsche und hat zwei Geliebte, die von oben bis unten nach Muschi riechen [siehe 3), 4)]. 2) Seine Frau Manuela geht mit oder in den drei Kindern auf. Sie ist eine hemmungslose Mutter und Hausfrau und liest mehrere Frauenmagazine sowie die Zeitschrift ELTERN. 3) Sandy hat schon mal einen blöden Namen, aber sie trägt schöne Unterwäsche und liebt teure Lokale, wo sie sich unter dem Tisch von Harry abfummeln lässt. 4) Laura ist besonders hübsch und kommt mit den 2000 Mark, die sie von Harry bekommt, nicht ganz aus, sie hält sich noch zwei

weitere Geschäftsleute, die jeweils DM 1500 abdrücken. 5) Frank ist Harrys bester Freund und liebt Bordellbesuche. Er fährt einen umgebauten BMW und hat ebenfalls zwei Geliebte, die er aber nicht zu bezahlen braucht. Er geht wöchentlich ins Solarium und ist tablettensüchtig. 6) Julia ist Franks Frau und in Harry verliebt. Es fällt ihr zunehmend schwerer, dies zu verbergen. Sie hat sich in einer Tiefgarage schon mal an ihn gelehnt, was sie sofort stark erregte. 7) Karl ist Harrys Schwiegervater. Durch die starke Bindung zu seiner Tochter Manuela kommt er sehr häufig zu Besuch. Er steht bei Harry im Verdacht, homosexuell zu sein, weil er eine hohe Stimme hat und weshalb er nie mit seinen Kindern alleine in einem Zimmer gelassen wird. 8) Henry ist Harrys Nachbar und prozessiert seit drei Jahren wegen herüberfliegender Unkrautsamen gegen ihn.

Man nehme Dr. Oetker. Ich bin dafür, dass man die Körpergröße der Menschen gentechnisch auf 1,50 Meter reduziert. Alle zehn Jahre wächst die Weltbevölkerung um eineinhalb Zentimeter! Die Qualität menschlichen Lebens könnte bei einer Größe von 1,50 Meter und einem Gewicht von 50 Kilogramm gesteigert werden. Ein solcher Mensch hätte dann 60 Billionen Körperzellen, während ein Mann von 1,80 und 86 Kilo 100 Billionen Körperzellen hat. Mehr Zellen, mehr Krebsrisiko. In Kalifornien zum Beispiel stieg die mittlere Größe der Menschen in nur 75 Jahren von 1,50 auf 1,80 Meter. Wenn das noch 75 Jahre so weiter geht, brauchen wir 50% mehr Energie und schätzungsweise 73 Millionen Hektar mehr landwirtschaftliche Anbaufläche. Knochenbrüche und Gelenkschmerzen hängen schließlich auch mit dem Gewicht und das wiederum mit der Größe zusammen.

Also wenn hier niemand verstehen will, macht doch euren Scheiß alleine. An der Küste muss mit Sturmfluten und Land unter gerechnet werden. Eine schöne Frau ist schon was zum Anschauen. Betrachten Sie doch mal einen Männerkörper, diese breiten Schultern und Muskeln, der kräftige Knochenbau. Und dann gleiten Sie zum Vergleich an den Schenkeln eines Models hinauf. Na!

Ehekrach zu Silvester. Steuerberater sprengte sein Haus. Brutaler Überfall – Maskierte schießen Tankwart in den Kopf. Und wer schenkt Waigel was? Jelzin stößt mit Sekt auf den Krieg an. Besitzstand nicht von Gott garantiert. Mysteriöses Millionengeschäft um das Evangeliar Heinrichs des Löwen. Pelzhaus im Tal räumt total. USA droht China. Blutbad unter Freunden. Goldrausch bei den Royals: Prinz Charles gräbt nach einem Schatz. Gesuchter Sträfling wird als Wärter im Gefängnis eingestellt. C&A … wo Mode so wenig kostet. Maradona droht Haft. Vogts hält zu Kahn. Sexy-Fax-Bilder. Daviscup: Stich droht mit Ausstieg. Die Mächtigen der Welt tragen die große Schuld. Sehnsucht beim Saufen. Wilde Nächte, süße Träume. Die besten Filme auf einen Blick. Kein blauer Dunst mehr am Himmel. Das Uni-Sex-Häusl im Leichenschauhaus. Damit Sie den Faden nicht verlieren: Karstadt. Was die Zamperl heuer kosten. Herr Pfarrer muss Strafporto zahlen. Scharfe Schüsse auf die Nachbarn. Steht alles in der Zeitung.

Der Starnberger See gehört jetzt mir. Die Starnberger müssen mir Miete bezahlen. Ich mach's schon billig. Irgendjemanden muss ich allerdings aus einer Villa mit Seeblick hinausschmeißen. Eigenbedarf, Sie verstehen. Ein jeder zittert schon, vereinzelt verunstalten sie den Garten und das Haus, damit es mir nicht gefällt. Das bemerke ich natürlich, ich bin ja nicht blöd. Seitdem mir Starnberg gehört, fahre ich da ganz anders ein. Eigentum ist schon was wert. Finanziell bin ich jetzt abgesichert, ich glaub sogar, dass mich die Tutzinger auch mögen. Das ist mir zwar fast zu weit drunten, aber wenn die mich mögen, schau ich halt ab und zu vorbei. Schließlich will ein jeder doch mein Dauermieter bleiben und die Gewissheit haben, dass seine Weihnachtsgrüße gelesen werden. Sacklzement ist das nicht herrlich. Die Dampfer gehören mir auch. Einen habe ich aus dem Verkehr gezogen, weil ich den selber brauche. Auf der Roseninsel habe ich tausend Rosen setzen lassen. Ein betörender Duft weht hinüber zu meinen Hauptmietern, den Starnbergern. Im Schloss Berg habe ich alle Führungen gestrichen, weil ich mir nicht in die gebrauchten Socken schauen lassen möchte. Mein Personal wohnt mietfrei, ich glaube, ich kann mir eine soziale Neuordnung zuschreiben, die sich mit den Errungenschaften der Französischen Revolution durchaus vergleichen lässt. An der Nahtstelle bayerischer Geschichte hatten wir einen Mann wie König Ludwig den Zweiten an der Spitze. Mensch. Bei mir kriegen sogar die Tellerwäscher was zu Weihnachten. Den Triumphzug am gesamten Ufer des Sees entlang habe ich noch vor mir. Der Starnberger Bürgermeister, der zunächst auch verängstigt war (er war sehr bemüht um seine Position, bleibens ganz ruhig, sagte ich ihm, ich bin nicht politisch), redet andauernd von einer Kutsche, blumengeschmückt natürlich. Ich wollte erst ein Cabriolet, irgendwas Adenaueriges, aber die Haflinger, die meine Kutsche ziehen werden, machen doch einiges her. Aus Feldafing schickte man mir einen Büchergutschein. Pöcking ließ sich nicht lumpen, ein güldener Kugelschreiber.

Dass ich Pasing mit Gewinn abgestoßen habe, war eine taktische Meisterleistung. Da wäre außerdem die Renovierung des Bahnhofes fällig geworden, Jugendstil oder irgendwie, andauernd ist mir der Burgerking in den Ohrwascheln gelegen, dass er unten ins Restaurant will, aber ein Burgerking kam mir aus Prinzip nicht in meinen Pasinger Bahnhof. Der muss kräftig aufgesattelt haben, weil er jetzt doch drin ist. Ich werde jetzt also den Starnberger See puschen, ich schätze, dass ich fünf Jahre brauche, dann stoße ich alles wieder ab und kaufe mir die bayerischen Alpen. So schnell wie dann die Grenzen wieder stehen, kann niemand schauen. Wenn's gut läuft, das hätte ich fast vergessen, kauf ich mir noch Andechs. So eine kleine Spinnerei muss man sich hie und da schon erlauben können. Irgendwas machen die ja falsch. Den ganzen Sommer ist der Biergarten gerammelt voll, und in der Kirche fehlen Stühle. Irgendwie müssen die das Wirtschaften lernen. Umsatz ist nicht gleich Gewinn. Lohnnebenkosten sind ein erheblicher Kalkulationsfaktor.

Ich muss einen Fettfleck in einem meiner Bücher konstatieren. Wie ist denn der hineingekommen. Das Aufklappen eines Buches sollte ästhetisch erfolgen, ich hab's dick, wenn an den Seiten rumgerissen wird. Saumäßig dick. Schauns einmal in der Nacht hinaus beim Fenster und zu den Gestirnen hinauf. Wie vielen wäre das zu kalt in diesen Monaten, hinausschauen könnte man ja auch im Juli, gelt. Rucksacktypen, die hab ich schon gern. Ich will im Süden Urlaub machen, eine spanische Insel wäre schon recht. Ein getaufter Flieger soll mich transportieren. Am Flughafen zu Erding sollte mich der Ministerpräsident zur Maschine bringen, und ich fliege nicht über Lettland, sondern direkt nach Ibiza. Türkises Wasser, azur sagt man ja nicht mehr, wird meinen Zustand wiederherstellen. Welchen, weiß ich zwar grad nicht. Ich lasse meinen Anwalt einfliegen. Der spricht Spanisch. Ich kann bloß Caramba. Sand links und Sand rechts, Sand vorne und Sand hinten. Ich bevorzuge gute Hotels, komfortable und luxuriöse Unterkünfte, Sternerestaurants mit französischer Küche. Am Strand sollte man was reservieren für mich, das Gewimmel macht ganz nervös.

Sand auf Handtüchern.
Sand in der Sporttasche.
Sand im Getriebe.
Sand im Gehörgang.
Sand in den Schuhen.
Sand im Haar.
Sand auf deiner Haut.
Sand am Strand.
Sand im Bier.
Sandstrand. Sand im Bier. Sandstrand. Sand im Bier. Sandstrand. Sand im Bier. Sandstrand. Sand im Bier. Sandstrand. Sand im Bier. Sandstrand. Sand im Bier. Sandstrand. Sand im Bier. Sandstrand. Sand im Bier. Sandstrand.

Suppenfleisch. Ob die französischen Köche auf der spanischen Insel einen Brustspitz hinkriegen, werden wir ja sehen. Die glauben, nur sie könnten kochen. Ich lasse denen fünfmal ein Suppenfleisch machen und esse es dann trotzdem nicht. Bringt mir ein Stück Zwieback, werde ich sagen. Und einen Schluck abgestandenes Mineralwasser.

Man hat mir per Fax bereits angekündigt, dass mit dem Kauf der bayerischen Alpen eine notariell verbriefte

Trennung der Gebietsabtretung und der darauf stehenden bayerischen Königsschlösser verbunden wäre. Die glauben, ich bin blöd. Wir werden ja sehen.

Wenn der Chef krank ist, hat er drei Wünsche: Fortbestand des Betriebes, gute Pflege und Komfort, rasche Genesung. Eine Information für Selbständige und freiberuflich Tätige von der Bayern Versicherung. Daher möchte man bei Krankheit die **bestmögliche medizinische Versorgung**, damit man so rasch wie möglich wieder gesund und voll arbeitsfähig wird. Oder im Krankenhaus: Man muss auch wichtige Telefongespräche führen, Unterlagen durcharbeiten oder zumindest Anweisungen an Mitarbeiter oder Familienangehörige geben. Dazu braucht man **Ruhe, Diskretion und Bequemlichkeit**.

Ich wollte die Stadt erobern, und nun weht mir nur der Geruch von Begattung entgegen. Frauenleiber, die an mir vorbei diesen Duft hinterlassen, und die Wolken stoßen weiß ins Bild. Ich fahre mit meinem kurzen Daumen durch den 5-Tage-Bart, den Geruch festzuhalten. What's the problem?, herrscht mich ein Tourist an, weil ich mich an seinem Aufzug labe. Your shirt, that's what I say and he schaut erschrocken an seinem Bauch hinunter bis auf die andere Seite nach China hinüber. What's wrong with my shirt? Leck mich am Arsch, mir langt's. Hey, what's wrong with my shirt? Geh nach Andechs und trink sechs Maß. Ich drehe mich heroisch ab. Ich habe diese Stadt gekauft, und ich werde in ein Café dieser Stadt gehen und mich setzen und einen Cappuccino bestellen und zwei Stunden brauchen, ihn zu trinken. In Ermangelung einer metamorphen Wandlung dieses Kaffeehausgedankens in den Vorsatz, das Gedachte zu tun, werde ich schwach und fühle den Drang, mich hinzusetzen. R. kommt vorbei. M. kommt vorbei. S. kommt vorbei. Ich werde immer schwächer. Ich nehme Mutter und Tochter. Ich frage nicht, ich handle nicht. Der Inzest von Rauschmitteln liegt darin begründet, dass jedes Rauschmittel die Sucht lindert und somit erneut zur Sucht führt, zu einer neuen Sucht. Der Süchtige fühlt sich wohl, wenn irgendeine fremdartige Substanz durch sein Blut kreist. So folgt der Dummheit das Geld, dem Geld die Macht und der Macht die Paranoia. Wir sind alle süchtig. Das Starren eines weißen Fensterrahmens, er kreist die Scheibe ein und drückt den Blick hindurch. Das Spiel ist aus. Die Kugel ist geworfen und dreht sich, ohne jemals wieder stehen bleiben zu wollen. Wir werden den Tisch nicht verlassen, wir werden stehen bleiben, wie eigentlich die Kugel stehen bleiben müsste. Flüchten in Häuser. Anderntags

Hunger II

Als mein Vater das erste Mal wegen seines Cholesterinspiegels Probleme hatte, machte er eine sehr unschöne Erfahrung mit dem behandelnden Arzt. Der verbot ihm das Rauchen, das Essen und das Trinken. Die ersten Tage nach diesem Verbot waren sehr hart, da mein Vater versuchte, sich an diese Vorschriften zu halten. Nach einiger Zeit aber steigerte sich seine Wut auf den Arzt so, dass er beschloss, einen anderen Arzt aufzusuchen. Kann nicht schaden, dachte er, und siehe da, der andere Arzt war bedeutend freundlicher und auch nicht so streng. Er empfahl Margarine für die Wochentage und Butter für den Sonntag. Der anfänglichen Erleichterung folgte jedoch schon bald der hämmernde Wunsch nach einem Schweinebraten. Ein Schweinsbraten muss her, dachte er sich und suchte seinen Arzt erneut auf.

Ich halt das nicht aus, Herr Doktor.
Was halten Sie nicht aus.
Das Rindfleisch und den Joghurt. Ich arbeite schließlich körperlich.
So, so.
Mir wackeln jeden Tag die Knie.
So, so.
Und schwindlig wird's mir.
So, so.
Ich brauch ein Schweinernes. Schauns, ich steh jeden Morgen um 5 Uhr auf.
So, so.
Ja, und in der Ehe geht auch nichts mehr.
Also, das geht nicht, da müssen wir was unternehmen. Ich verschreibe Ihnen Tabletten, wir kriegen Ihre Werte schon runter.

Das sind so Sachen. Ich frage mich, ob meine Gedanken hinsichtlich einer Sublimierung nicht doch zu übertrieben sind. Meine Brille ist verschmiert, ich habe sie seit Tagen nicht mehr gereingt. Brille reinigen ist nicht meine Aufgabe, Brille reinigen müssen schon andere. Gelegentlich nehme ich sie ab und reibe meine Augen und das Nasenbein. Auch Schweiß wäre wissenschaftlich festzustellen. Ich wollte ja nie jemanden vorsätzlich verletzen, in meinem ganzen bisherigen Leben nicht. Ich

betätige keine Fallbeile. Lieber husche ich um die Ecke und warte wie der Hund aufd Schläg. Bär hieß mein Lehrer in Kunsterziehung. Dir werde ich eines Tages nochmal kräftig in den Arsch treten, Link, rief er mir zu, ohne den Kopf aus seiner Zeitung zu heben. Er ließ uns eine Schaufel malen. «Wer keine Schaufel malen kann, wird nie eine Verbindung zur Kunst bekommen.» Ich malte eine Schaufel. «Das ist keine Schaufel, das ist ein Warzenschwein, das eine Stange nach sich zieht.» Es kam zu vielen Fragen und Feststellungen, und das Thema wurde notenpflichtig. «Eine 5, Link, bei dir ist Hopfen und Malz verloren.» Letztendlich war auch er verbissen und stank in seine Umgebung. An Güte war niemand interessiert, an Erkenntnis schon gleich gar nicht, an Englisch höchstens. Wir waren zischelnde Schüler, unsere Lehrer reine Kontrollorgane, tot und kalt, wie Blechgehäuse in einer Kiesgrube. Sie waren versaut, und sie versauten uns, so wie wir versauen werden. Scheißen einstellen, Zigaretten her. My next project is wallpaper the dining room. Englisch braucht man ja heutzutage. Ohne Englisch geht's nicht. Well, I have to wrap up now. Können Sie kein Englisch? Don't you know wos a lumberjack is? Da nimmt Sie keine Werbeagentur. Ich sehe Flecken auf jeder Straße. Niemand mag bestraft behaupten, dass wir in einer sehr modernen und ausgefeilten Diktatur leben. Warum nicht? Ich sehe in die Gesichter der Wagenlenker, periodisch von Sonnenbrillen geschützt, zieht ein jeder eine Schleimspur nach sich, die man noch in tausend Jahren sehen wird. Heute freue ich mich auf jedes lange Wort. Anarchie haben schon andere gefordert, und renitenter? Vielleicht schmeicheln mir nur die Sätze? Fragen über
 Fragen. Vor dem spurlosen Verschwinden möchte jeder

gefeit sein. Niemand lacht öfter als dreimal am Tag. Ist es so? Ist es so? Finanzielle Aspekte spielen die Hauptrolle, so viel ist anerkannt. Schade könnte es um jeden Arsch in der Nacht sein.

Was ist jetzt los, Herr Doktor? Mit welchem Recht verweigern Sie mir medikamentöse Hilfe? Die gesamte deutsche Ärzteschaft ...... Jaime schwankt aus dem Wald. Tequila. Colonel Chapman leckt eine Schwarze. Und was ich fixiere, verwandelt sich in einen Kuhfladen.

Eine zerfressene Matratze ist mein Lager. An meiner Seite sehe ich die Gewöhnlichen. Ein Haufen zusammengedrängter Schäfchen, die sich zitternd aneinander reiben. Sie denken an die Schwärze der Kindheit, an die Schwere der Gegenwart und die Ungewissheit der Zukunft. Doch man setzt das Fernsehen zunehmend massiver ein. Man subventioniert den Mittelstand. Man trinkt Cola-Mix. Man bumst gelegentlich eine andere und labt sich in der Aufregung des Abspritzens. Das gilt wohl vor allem für Männer. Ein Mann steht da wie ein rostiger Klumpen. Setzt er sich in Bewegung, artet es in unkontrollierbares Gepoltere aus. Männer kämmen sich die Haare nach hinten. Was ist mit den Frauen? Ich sage nichts. Ein Schihaserl huscht in einem pinkfarbenen Overall über meine Zehen und zieht grünen Wind nach sich. Ein künstliches, gepimpertes Grün. Fleisch um jeden Knochen und kartoffelbraune Haut.

An einem schönen Augusttag kriegen Sie in keinem Münchener Biergarten einen freien Platz. Geräusche von Spareribs lutschenden Mäulern, ein leises und gemeines Mahlen. Fleischige Zungen und fleischige Lippen glänzen frech, lassen den Schaum des Bieres zusammenfallen. Der Steckerlfisch wird in Zeitungspapier eingeschlagen. Einen Kinderspielplatz gibt es auch. Verwertung alter Autoreifen. An Kartoffelsalat wird keineswegs gespart. Zwei kräftige Schapfen auf jeden Teller, man will ja satt werden. Schnaps wird wenig getrunken in Biergärten. Das beißt sich mit dem typischen Biergartencharakter. Zu kurz und zu heftig. Das Holz der Tische und Bänke ist allen vier Jahreszeiten ausgesetzt. Riesige karierte Tischdecken werden schwungvoll geworfen und von geschickten Händen geglättet. Pfeffermühle, Jodsalz, Jod verhindert die Bildung eines Kropfes, Senft wird hier noch mit t gesprochen. Essiggurken grün gebogen. Der Papa lässt sich Verschiedenes reichen. Die Servietten sind aus Papier und lustig bedruckt. An irgendeinem Tisch wird die Frage aufgeworfen, welche Chancen ein Biergarten in Amerika hätte.

Würde einschlagen, wie eine Bombe.

Glaub ich nicht.

Würde einschlagen wie eine Bombe.

Abends tranken wir Whisky unter einem steinalten Baum, dessen Rinde aussah wie ein zerknüttertes Betttuch aus dem Jahre 1922. Da wurde mir die SUPERNOVA erklärt. Ich bin ja erst kürzlich wieder in Hundescheiße getreten. Der Dreck, platt gedrückt von meinem eigenen Gewicht, hat sich im Profil der Sohle gerecht verteilt, ein physikalischer Vorgang, und es war eine Heidenarbeit und eine völlig sinnlose dazu, das wieder sauber zu kriegen. Affenartiges Kratzen mit einem Zweig. Warum habe ich ihn nicht ein wenig eintrocknen lassen, um ihn dann bestimmungsgemäß, langsam bröselnd, auf meinen Wegen zu verteilen? War das auch in Frankreich? Am Mittelmeer? Ach, das schwere Gehen am Sandstrand, das schwere Heben der Beine. Das Eingraben von Dosenbier da, wo das Meer ans Land schwappt. Was will man mehr als einen Tafelspitz. Nur daran denken, heißt scheißen zu müssen. Wie oft ich heute schon war. Wie oft. Ich muss ja trotzdem noch. Die Teetrinker. Wenn Fressen und Saufen wegfällt, greift man zum Beutel, zum Sieb. Ein kleines Zerimonderl, das Aufkochen, und irgendwas wird schon drin sein, gelt. Herrgott, noch einmal heftig rauchen, noch einmal Nikotin schmecken!

Herr Doktor, wie sind meine Leberwerte, ich brauch noch ein paar Monate. Herr Doktor, gibt's da keine Tabletten.

Herr Doktor, von Mann zu Mann, wie lange habe ich noch. Und bitte nicht lateinisch, ich hatte Französisch.

Der Doktor nahm Platz in einem schweren, schwarzen Sessel, sein Gesicht hatte die Farbe eines Heizkörpers.

Ja, nun.

Erloschene Augen, nur vom herrschenden Luftdruck am Herauskippen aus dem Schädel gehindert.

Nun, ich denke, um ganz ehrlich zu sein, Sie sollten das Trinken aufgeben.

Wollte ich etwa dies erfahren?

Schlanke Finger spielten mit einem Weißgoldring. Der weiße Kittel, natürlich.

Medizinisch betrachtet, müssten Sie schon seit Monaten tot sein. Ihre Leberwerte zu interpretieren wäre daher sinnlos. Ein schönes Beispiel für die Mängel schulmedizinischer Vorgaben.

Herr Doktor, ein paar Tabletten nur, vielleicht homöopathische. Da schwört meine Frau drauf. Die hat damit sogar ihre Neurodermitis in den Griff gekriegt.

Der Mediziner erhob sich und holte aus einem Kirschbaumschränkchen zwei große Kognakschwenker und eine bauchige Flasche. In diesem Falle muss von Eingießen gesprochen werden. Er goss die Flüssigkeit hinein.

Was halten Sie von Schopenhauer?

Herr Doktor, Sie wollen doch jetzt nicht mit mir vielosovieren.

Ja, nun, Schopenhauer. Wir hatten damals einen philosophischen Zirkel. Schopenhauer hat mich am meisten beeindruckt.

Der Mediziner strich mit seiner linken Hand über seine Brust. Das Zimmer sah aus, als hätte es Beuys eingerichtet. Eine stählerne Pritsche mit plastiküberzogenen Kanten. Was nicht weiß war, roch fremdartig, wie von einer anderen Galaxie entliehen, eine Instrumentenvitrine aus Pressspan, ein paar schwere und modernde Bücher, altes Wissen ausstaubend. Durch milchige Fenster loderte der

Tag gegen die Scheiben. Ekelhafter, gelackter PVC-Boden, Putzmittelgeruch, Sagrotan, und Fußbodenleisten aus steingrauem Gummi, fortlaufend. Silbriges, gehetztes Besteck auf Papiertüchern, parallel.

Eine Armbewegung wies auf bevorstehende Aktion hin.

Bla, Bla, Bla …Von Schopenhauer. Nie hat mich ein Satz mehr beeindruckt.

Ein lächerliches Subsidium.

Herr Doktor, könnte ich noch einen Schluck haben. Schopenhauer war wirklich großartig.

Phalli aus Birkenholz, eingeäschert zu pyramidigen, schwarzen Haufen, römisch angeordnet, wie durch einachsige Kristalle mit Doppelbrechung betrachtet, der Kerr-Effekt, eine lausige, scheinbar symmetrische Anordnung von Aschehäufchen. Ich habe keinen Ton gesagt. Nein, nein, ich lass mir doch hier nichts in die Schuhe schieben. Ich toleriere ausdrücklich Homosexualität, Seniorensexualität, Videosexualität sowie käufliche Sexualität. Im Sex steckt die letzte Würde des Menschen. Davon will nur niemand was wissen. Sex muss sein. Ein kleines, flachtittiges Luder mit schwarzen Strapsen und höchsten Hacken greift sich deinen Schwanz und reibt daran, bis es aus dir rausquillt. Es spritzt ein bisschen. Verspritzen. Und dann hängt es in Fäden durchs Zimmer, vom Schwanz zu ihren Schenkeln und von dort aufs Bett.

Sexxxxxxxxxxxxxxxxxxxxxxxxxxxxxxxxxxxxxxxxxxxxxxxx
xx

Sexxxxxxxxxxxxxxxxxxxxxxxxxxxxxxxxxxxxxxxxxxxxx
xx
Sexxxxxxxxxxxxxxxxxxxxxxxxxxxxxxxxxxxxxxxxxxxxx
xx

He, Moment mal, nimm deine dreckigen Pfoten da weg.
Was ist denn?
Hör zu, ich mach den Job lange genug. Nimm die Pfoten weg. Halt dich an die Regeln.
Aber, ich muss dich doch anfassen.
Einen Scheißdreck musst du. Pfoten weg. Ich nehme deinen Pimmel, falls das heute noch was wird, und steck ihn rein, dann kannst du ein bisschen rammeln. Fertig.
Und das für hundertfünfzig.
Mach zu, Mann.

Schon Goethe hat festgestellt, dass nichts widerwärtiger ist als schlechte Laune.

Ich werde schlank, immer schlanker, vier Pfund hat's mir weggerissen. Ich nehme an, dass das noch ein paar Tage so weitergeht, und dann verflüssige ich mich. Habe heute noch keine Reptilien gesehen, was ist los? Auf cremefarbenen Plastikhockern sitzen Aitmatows Kamelhengste und putzen sich die Zähne mit schwarzen Schwämmen. Keine Panik, sie tragen Schuhe mit Gamaschen. So geht's mir dann, ich komm und komm nicht rein, weil immer was dazwischenfunkt. Also, ein Sessel aus Fleisch, ich sag ja, eine wabbelige Sache, aber nicht unbequem, darin ein hübsches, kleines Fiberglasmonster, transparent bis auf die Chips, mit einem Fächer aus einem beim Trocknen steif gewordenen Putzlappen. So was zieht hier ständig an mir vorbei, und ich bin stocknüchtern im konventionellen Sinne. Was wollt ich sagen, richtig, das könnte meine lädierten Waden durchzucken, das würde meine Bauchmuskeln wieder einmal so richtig stählen, das könnte schon was bedeuten. Ich kann ja nichts. Jetzt auch noch ein Ave-Maria vom Papst, der Sender ist einsame Spitze. Bevor ich hier in Klumpen zerfalle, hol ich den Presslufthammer aus dem Keller, wir sind ja ausgerüstet. So muss ich mir eine Fotografin suchen. Muss nochmal nach Kuba und möchte gerne die chemischen Reaktionen meines Hirnes niederschreiben, das nimmt mich Kleingeist ja ganz in Anspruch, und da hätte ich dann gerne ein paar schöne Bilder, damit man sieht, wie meine Wirklichkeit vom Herzstechen beeinflusst ist. Jetzt kommt schon wieder was, grüß Gott, nur hereinspaziert. Sie machen sich keinen Begriff, was grade eben hier ins Büro reinsegelt, Maria Ave selber! Siebentausend Sommersprossen und überraschend starke Hüften. Trägt ein weißes Nachthemd und zeigt unentwegt auf meinen Schmerbauch, Birmingham, das gehört jetzt nicht hierher, ich soll mich züchtigen, das hat's jetzt heute noch gebraucht. Nun ist mir durchaus bewusst, dass ich zu Ausschweifungen neige, aber mir ist jedes Kontrollorgan suspekt, ich kontrolliere zum Beispiel selber auch kaum. Ganz selten. Was kommt noch? Ich bin guter Dinge. Ich bin Optimist. Ich schaue nach vorne. Ich bin konstruktiv. Ich bin ein Fels in der Brandung. Ich kenn mich nicht mehr aus. Na, na, so schlimm ist's noch nicht. Ich hab nur ein wenig Angst, dass ich zu lustig wirke. Einen Humpen her. Immer die Wörter vor sich herstoßen, die Oberlippe verhält sich ruhig, sie weiß Bescheid, Antwortaussichtslosigkeit drängelt ständig, aber es drängelt ja so vieles, wenn man sich da bei allem aufregen würde. Erst muss ein anständiges Fahrwasser entstehen, das sollte schon brodeln hinter einem, keine Frage, und nach rechts und links sollten sich die Wellen fortsetzen zu einem Gebirge. So wie ein Maler vielleicht dissimiliert, um zu einem Ergebnis zu kommen, kann ich doch nicht vorgehen. Ich kann ja auch nicht warten, bis jemand 10 Mark beisteuert. Unser Mann an der Front. Gerade wollte wieder was auftauchen, ein schneeiger (mein Lieblingswort) Gartenzwerg mit einer durchgeladenen doppelläufigen Flinte, aber der war mir dann doch zu klein. Schleich dich, du Würstchen, bevor ich dich zertrete. Also wirklich. Wer will mich denn über das Ende der Darbietung im Unklaren lassen? Da erwacht der alte Kampfgeist. Ja, wo kommst denn du her? Die Kunst, meine Damen und Herren, trägt keine Krawatte. Die Kunst, meine Damen und Herren, stellt einen anderen Anspruch. Mit widerwärtigem Kaffee kann man die Kunst nicht puschen, ich weiß, dass dieses Wort gegen meine Überzeugung ist, ich wollte die Hässlichkeit schließlich einmal demonstrieren. Ich schlenkere mit meinem rechten Knie von Norden nach Süden, eine alte Frau macht mit. Zwei Knie schlenkern nach Süden, der Rest hat zu folgen. Ums Verrecken bring ich jetzt das nicht heraus, was ich jetzt noch sagen will. Geht halt nie ohne Umwege. Ha! Jetzt weiß ich's. Vertreibt Musik die kleinen Monster? Bei mir sind die ja hingewachsen, würde abscheuliche Knorpel geben, grindige, schorfige Narben, Fußpilzpulvergelb. Ein Tramp streckt seinen Daumen in den Wind. Seine Hosen schlackern anarchistisch, das gehört dazu, der Rest ist für den Moment gebändigt, so was regt mich natürlich auf. Eine Scheißaufforderung, ihn bis Kanada mitzunehmen, oder wie? Da scharre ich lieber mit meinem Stuhl ein Loch in den Fußboden. Mein Trommelfell hält's schon aus, überhaupt, die Trommelfelle hängen schief in diesem Universum, und ich soll das hinnehmen. Keine Sau, und seien wir froh, dass wir zu den Säuen gehören, würde das akzeptieren. Niemand hat je eine Sau weinen gesehen. Das ist meine Überzeugung. Ich nehme an, dass es ein anderes Universum gibt und dass da die Säue an der Macht sind. Zartrosa schimmernde Säue mit drolligen Ferkeln, jawohl, drollig, dieses Wort ist dort durchaus positiv besetzt. Die stehen dort also oben. Wir brauchen wahrscheinlich ein Atom-U-Boot. Stromlinienförmig würde es unsere kantigen Leiber und unsere schweinischen Schädel in einem gewaltigen Meer vorantreiben. Haie? Lächerlich angesichts der metallischen Außenhaut. Quallen? Sind unsere Gefährten. Kraken? Schließlich sind wir bewaffnet. Keine Hunde an Bord. Wo geht's lang? Wir Säue fragen ja schließlich. Der Käpt'n ist eine Wildsau, und er erteilt bereitwillig Auskunft. Säuinnen und Säue würde er nicht sagen, er würde sagen: Säue! Ruhe bewahren! Lage im Griff! Treibstoff ausreichend vorhanden! Wir machen gute Fahrt! Zigarren verteilen!

Wir haben ja schon gehört, dass es vorkommen kann, dass Libellen Artgenossen überfallen und fressen. Tja, der Hunger. Alles hungert, nur ich nicht mehr. Nein, ich mache mir keine Gedanken, wie lange unser Grundwasser das alles noch aushält. Nur einen Schritt ins Freie, und eine sechstausend Jahre alte Zeder steht mir im Weg. So schaut's doch aus. Wie steht's um meine Arbeitsdisziplin. Na ja. Das tägliche Einstecken und Austeilen geht ja an niemandem spurlos vorüber. Ich warte halt, dass eine Rothaarige hier reinschnattert und mir ihren Arsch hinhält. So was ist mir schon zehn Jahre nicht mehr passiert. Kinder können mal Profikiller oder Prostituierte werden. Der Abnabelungsprozess kann drastische Veränderungen mit sich bringen, scheinbar gutherzige und gerechtigkeitsorientierte Charaktere wandeln sich zu egoistischen, kalten und oberflächlichen Menschenbildern. Da kann man dann nichts machen. Ich fahre mit einem Rad einen Berg hinunter. Es ist das Rad meiner Freundin. Meine Freundin liegt zu Hause auf dem Sofa. Ich fahre schnell und juchze. Rechts fliegen Gebüsche vorbei. Links huschen Mauern. Dann kommt eine Kurve. Ich bremse fest, und ein Zerren geht durch die Eisenkonstruktion. Ich fahre durch die Kurve am Rande der physikalischen Möglichkeiten. Dann fahr ich wieder gerade. Ein Hund steht im Weg. Ich klingle.

Oft bleibt das Auge im Leeren hängen. Auch wenn man vor tonnenschweren Gebäuden steht. Gewaltige Fassaden, kathedrale Gemäuer, wuchtig. Dann schaukelt der Körper rhythmisch hin und her, langsam, wie bei einem apathischen Königstiger, der durch seinen Käfig wandelt. Nur ein fremdartiger Geruch, zweihundertjahrealter Mauergestank. Feuchtkalter Schweiß aus den Achselhöhlen eines Kellners. Mein Hunger ist ganz weggeebbt. Auch muss ich ständig aufs Klo, nach wie vor kämpfe ich mit einer ganz normalen Verdauung. Als ich noch aß, genoss ich es, jetzt ist es von starken Schmerzen begleitet. Ein alter Weißbrotkanten liegt auf dem Tisch. Ich fühle die knorrig harte Rinde, ein wasserloses Überbleibsel, das nur schwer verrotten wird.

Herr Doktor, ich glaube, ich geh jetzt.

Was ist denn los, mein Freund? Ich dachte, Sie hätten ein wenig Zeit.

Also, wissen Sie, der Mariacron ist nicht so mein Geschmack, und eigentlich sollte ich …

Sie haben ja Recht, einen Moment, ich hol einen Französischen.

Der Mediziner bringt eine dämonisch aussehende Flasche und zwei riesige Schwenker, so groß wie zwei halbe Handbälle.

Sie verstehen doch was von dem Zeug. Was sagen Sie zu den Schwenkern? Die hat mir letztes Jahr ein Patient …

Riesig, diese Schwenker.

Pfingsten war mir außerreligiös noch nie was wert. Oder eine Einzelradaufhängung, in einem farbschillernden Prospekt dargestellt. Verweigere dich nicht so. Nun, ein Krieg gibt mir ja auch nichts ab. Ich bin auch das ganze Leben ohne Meister Proper ausgekommen. Als ob das eine Rolle spielt. Welche Schuld ich auch aufgeladen habe, es war nie Absicht. Gar nicht. Und was ist mit meiner Wut? Kommt die vielleicht umsonst. Sauerkraut mit Maggi, wenn ich das hinunterbringen könnte, damit wär ich schon zufrieden. Und was ist mit meinen Frauen, die ich so gut gevögelt hab, dass sie weinen mussten? Ich hab sie glücklich gemacht! Ja, ja. Und meiner Oma hab ich das Brennholz hinaufgetragen, in den dritten Stock, samt Briketts. Libellen sind ein 200 Millionen Jahre altes Insektengeschlecht. Die fossile Meganeura Monyi hatte eine Flügelspannweite von 70 cm! Schwuppdiwupp ist man als Münchener ja in den Bergen drin und bestaunt die stacheligen Berge. Bergwandern, mir ist selten danach, ich kann ja nicht alles machen. Machen Sie sich nichts draus. Draußen ist die Luft kälter als drinnen, drinnen ist die Luft dafür trockener. Trockener als hier drinnen kann ich's mir draußen gar nicht vorstellen. Vorstellen hätt ich mich schon 1983 sollen, aber das bedeutete verstellen, und schon war das Thema erledigt, was sollte ein Mann wie ich auch schon mit einer Festanstellung, da sauf ich mir lieber einen Rausch an und denke an Wiesenblumen. Wiesenblumen bringen mich schnell auf andere Gedanken, Wiesenblumen sind schön, Wiesenblumen sind erforderlich, Wiesenblumen machen das Bild ganzheitlich, ohne Wiesenblumen wäre das System empfindlich gestört. Gestört ist sonst nur die Flora meines Magens, da jetzt die Magensäfte die eigene Magenschleimhaut angreifen, ich beginne, mich selbst zu verdauen sozusagen, doch das Hirn ist ja am weitesten vom Magen entfernt, und bis sich die Magensäfte bis zum Hirn vorgedaut haben, vergehen ein paar Tage, und an diesen Tagen unterlasse ich das Denken keinesfalls. Keinesfalls aufgeben werde ich, keinesfalls, Schriftsteller sollten sich keinesfalls für etwas Besseres halten. Halten, Fliegen, Stehen, Schubsen, Schmusen. Schmusen und Busen sind keine Homophone, Lehre und Leere, das wären Homophone. Homophone führen mich zu einem meiner Lieblingswörter: Homunkulus, ohne Homunkulus hätte ich den Faust vielleicht verstanden. Verstanden! Verstanden werden will heutzutage jeder, warum denn? Denn in der Nacht leuchtet nur der Mond gelb aus dem blauen Tuch. Tu Chablis in ein Glas und halte es vor eine weiße Wand, und du kannst den Unterschied zu einem Riesling ausmachen, vorausgesetzt, du hast vorher einen Riesling vor die Wand gehalten, zum Beispiel Handke möchte gern Epikureer sein, da gibt's bestimmt mehrere, die das sein wollen, einsetzender Platzregen, und ich steh da, mit einer Packung Pralinen, dachte halt, machst einmal was, wasd sonst nie machen würdest, und kaufte Pralinen. Pralinen müssen sofort verschenkt werden. Werden Sie Schreiner, stand auf den S-Bahn-Reklametafeln, und das hätte ich auch lernen sollen. Sollen doch die anderen auch alle Herzstechen kriegen, nicht nur ich. Ich muss es aushalten, ich werde mir ein Atelier bauen lassen, 8 m hoch, der Größenwahn ist jedem Maler kein Fremdwort, wer beschränkt sich denn auf Dauer auf kleine Formate oder Aquarellzeichnungen, es hat sich nicht viel getan seit dem Wilden Westen, ich zum Beispiel trete ohne mein Gewehr ja gar nicht mehr auf die Straße hinaus. Aus vielerlei Gründen kann ich nichts mehr essen, nichts mehr zu mir nehmen, sofort würde sich Brechreiz einstellen und ich müsste alles knotig heraufwürgen, da hätte ich dann die ganze Scheiße auch noch optisch, anverdaute Nahrung und so weiter. Weiter geht's auf dem schmalen Grat zwischen Selbstbeweihräucherung und der totalen Verindividualisierung, Entschuldigung, das muss man schon probieren, da sollte einem auch nicht eine jede kleine Verfehlung, jeder Fehltritt übel genommen werden, ich bin ja ständig am Danebensteigen, die ganzen Beine sind bis zu den Hüften herauf abgeschürft von den steinigen Abgründen, es würde mich nicht wundern, aus meinem Pullover ragt ein Wollfaden. Steil hat er sich ins Freie gekämpft.

Steil hat er sich ins Freie gekämpft.
Steil hat er sich ins Freie
Steil hat er sich ins
Steil hat er sich
Steil hat er
Steil hat
Steil

Li | ba | ti'on (f. 20) altröm. Trankopfer, -spende [< lat. libatio «Trankopfer»; zu libare «etwas wegnehmen, ausgießen, opfern»]

Li ' bell (n. 11; im alten Rom) *Büchlein Schmäh- oder Klageschrift* [<lat. libellus «kleine Schrift, wie Heft, Brief od. dgl.»; Verkleinerungsform zu liber «Buch»]

Li ' bel | le (f. 19) *Angehörige einer Ordnung erdgeschichtlich sehr alter, räuberischer, oft farbenprächtiger Insekten mit großen, leistungsfähigen Facettenaugen u. zwei gut entwickelten Flügelpaaren: Odonata; Sy Wasserjungfer Glasröhrchen der Wasserwaage* [<lat. *libella* «Wasserwaage, waagerechte Fläche»; Verkleinerungsform zu *libra* «Waage»; nach dem gleichmäßigen Flug der Libelle mit waagerecht ausgespannten Flügeln]

Li | bel ' list (m. 16) *Verfasser einer Schmähschrift [zu Libell]*

Steht alles im Wahrig. Lesen bildet. Es sind ein paar mexikanische Indianer gekommen und haben Jaime Cocablätter zum Kauen angeboten. Sie tragen Lederschürzen um die Lenden und haben kantige Gesichter. Kauend schauen sie über den Fluss. Leise tönt Franz von Suppé mit seiner Light Cavallery von hinten heran. Schleimbeutelgebeutelte Ladys aus bestem Haus bestellen Spargelcremesuppe, Bœuf à la mode oder gedünsteten Zitterrochen in Zitronensoße mit zerstampftem Blattspinat, Speichel rinnt hinten die Speiseröhre runter, Zwicken am Strumpfhalter, Unterhosengeruch steigt aus offenen Röcken, und die Ober ignorieren es, es geht ums Trinkgeld. Draußen in der Küche krachen die Hühner unter der Geflügelschere, Qualitätsweine mit Prädikat, dekantiert, ruhen sanft, warten auf das Gleiten in die Blutbahnen. Eha, der Hilfskoch, liest Comics am Kartoffelschältisch, aber der Chefkoch hat ihn gesehen und zerrt ihn am Ohrwaschl in die Höhe. Schweinehälften werden hereingeworfen und krachen in ein edelstahlverkleidetes Eck, Blut rinnt und Blut stockt. Keiner hat sich am Arsch zu kratzen in der Küche, ist das klar! Nasenpopeln will ich auch nicht sehen. Und tragt gefälligst die weißen Mützen. Fettschlierige Fliesenböden sind gefährlich. Irgendwann wird's jemanden aufs Maul hauen. Ein Ober schneit herein, was ist?! Ich lasse mich nicht hetzen, ich bin nicht auf der Flucht. Das Lokal hat einen Ruf zu verlieren, noch hat sich niemand beschwert, noch nicht! Rinderfilets wirbeln durch die Luft und klatschen rau auf verschmierte Holztabletts, Messerwetzen, der Wetzstab ist stumpf wie ein Vorhang. Zack ist ein schönes Muster ins Fleisch geschnitten, das Olivenöl hat bereits Temperatur. Prüfen Sie das, indem Sie einen Holzstiel hineinhalten. Bläschen müssen aufsteigen. Zisch ist das Fleisch in der Pfanne, am Gemüse wird anderweitig gearbeitet. In 12 Meter Höhe und aus einem Winkel von 36° zum gekippten Fenster kann man von draußen durch das Fenster gut nach drinnen hineinsehen. Rinderhälften, Kamelhälften, Elefantenhälften. Hühnerhälften, Kaninchenhälften, Lammhälften. Eselshälften. Stopflebergänse, juhuh, das schmeckt so gut, Käse aus Fronkreisch, den holländischen frisst ja keine Sau, Senf aus Frankreich, Dijon, beim Rotwein kann es auch mal ein italienischer sein, nur zu jung darf er nicht sein, auauwauwauwau, der wenn zu jung ist und sich jemand auskennt. Einen 93er Barolo kann man doch nicht saufen, der schmeckt ja noch wie Kieselsäure. Den italienischen Weinimporteuren ist das wurscht, das Zeug muss jung raus, die lagern doch nicht mehr. Fußspuren aus Eidotter führen durch den Raum. Frischer Staudensellerie wird zentnerweise verarbeitet, er steht im Verdacht, ein Aphrodisiakum zu sein. Spargel ebenso. Was noch? Der Rosenkohl wird mit dem Schubkarren hereingekippt. Der muss einmal Frost gehabt haben. Aber nicht zu strengen. Der Suppenkoch haut einen Känguruschlegel in einen 20-Liter-Topf und drapiert angeröstete Schalottenhälften drum herum. Die Nachspeisen darf der Lehrling nicht machen. Der soll erst einmal ein Jahr Gemüse putzen. Der Chefkoch schmeckt nur ab. Nehmt gefälligst das Meersalz. In der Gaststube warten hungrige Gäste. Junge, pferdeschwänzige Kabriolettfahrer mit asiatischen Begleiterinnen in schwarzen Strümpfen. Pferderennbahnbetreiber mit angemieteten Hostessen, Einkaufsabteilungsleiter mit GmbH-Geschäftsführern, Geflügelimporteure mit attraktiven und vernachlässigten Steuerberaterehefrauen. Hauptanteilseignerinnen von börsennotierten Unternehmen mit blutjungen Türken. Korrupte Polizisten mit dickleibigen, aber verdammt gut angezogenen Luxushuren. Kein Menü unter sechs Gängen. Der Kognak von 1946 schmeckt zwar etwas pelzig. Einer bestellt mehr als der andere. Das Elefantenfilet liegt auf dem Teller wie ein Jahrhundert. Wer Eiswürfel in den Weißwein wünscht, kriegt auch das zugestanden. Bei Ketchup werden zwar die Augenbrauen verzogen, aber nur kurz. Der Küchenchef bringt eine amerikanische Flasche, eine Marke, die von den US-Eishockeyprofis bevorzugt wird. Jetzt schneit es.

Langsam freunde zu viel der Worte ich mich mit den Fiberglasmonstern an. So zu viel der Worte schlimm sind die ja auch nicht. Sprich mit zu viel der Worte mir, bist du der Frühling oder nicht? Sie sind sogar apprehensiv. Sie denken irgendwie. Sie geben keine zu viel der Worte Geräusche von sich, sondern hudeln in diesem Zimmer von einem Eck ins andere. Wieder zu viel der Worte greif ich mir einen Vorbeieilenden. Bist du der Frühling? Ich suche den Frühling. Man müsste beide Hände zu viel der Worte muschelartig an den Mund legen und FRÜHLING zu viel der Worte rufen. Her mit einem Megaphon. Dass es in diesem Zimmer noch nicht schneit, wundert zu viel der Worte mich.

I was so frightened when the springtime suddenly arrived in the other corner of this room. Shugar in the morning and shugar in the evening. You know. Then I saw a rare bird. See, outside is everything more blue. See, inside is erverything more yellow. I must say, that everything is really perfect. May I introduce you to a good man you ought to know. You know. Let me mention, I mean let me state the fact, you know what I mean, that snow is white in this world for a couple of billion years up to now and you are not the chap, I mean you are not going to change that. I gonna give you a piece of my mind. Follow the street as long as there is no possibility to turn right, take a right then und see a red gas station close to a library. Keep going straight then.

Wir sitzen auf unseren Stühlen und sehen betroffen, den Vorhang offen, die Musik kann schon an Gefühlen rütteln, eine Amsel sitzt mit ihrem Arsch im Schnee und schaut nach Norden. Was soll denn von Norden noch kommen?

Eine zittrige Wüstenlandschaft, die allerlei Leben in sich birgt. Der Sand ist fein geglättet, ebenmäßig, und die braunen Hügel schimmern in flimmernder Hitze gegen den Tag. Eine Karawane zieht leise heran und drückt Spuren in den harten Sandboden. Männer sind in weiße Tücher gehüllt. Der Himmel hängt in blauen Fetzen hinter dem Vordergrund, ein jedes Kamel hat eins, zwei, drei, vier Beine, die die Körper vom Boden wegstemmen. In meinem ganzen Leben habe ich den Geldbeutel noch nicht in meiner Gesäßtasche getragen. Im Musée d'Orsay hängen die Wegbereiter der Moderne, aber unsere Füße schmerzten vom langen Gehen und Stehen und van-Gogh-Ansehen. Meine Frau tappte doch glatt in einen Manet, direkt auf die Leinwand. Tapp nur rein, sagte ich, tapp nur rein. Einen zerschundenen Esel habe ich in einem anderen Museum, richtig, von Toulouse-Lautrec war der, hat mir gefallen, gut essen kann man in Paris nicht. Zumindest nicht zu zivilen Preisen. Dass die trotzdem alle so fett sind? Kugelbäuche in jedem Museum, und davor werden die Leute mit dem Hütchentrick unterhalten. Ach, ist das schön in Paris. Ich bin nichts Besseres. Doch, halt, einmal war ich im VIP-Zelt bei einem woodstockartigen Rockfestival, lippenstiftduftdurchzogen war das Fluidum in diesem Zelt, Konstantin Wecker wäre mir fast auf die Zehen gestiegen beim Bieranstellen, und jeden Augenblick musste man sich vor Fernsehkameras schützen, die Lindenstraßenschauspieler kannte ich allesamt nicht, eine aber hatte einen schönen Busen. Das Pils kostete nichts. Das Pils war umsonst. Diese Schulterkameras, und ein anderer musste dem Kameramann die Kabel nachtragen, sackradi, sagte ich zu meiner armen Frau. Blümchen auf jedem Tisch, und ich habe dann etwas aus mir herausgehäuft. Draußen war das Wetter ganz grausig, und das machte es drinnen gleich noch viel gemütlicher. Unsere Haare wurden nicht nass. Ich muss zum Frisör, kann aber nicht, weil mein Frisör in Ibiza ist. Er hat dort eine Finca, und ich habe dafür eine Immobilie in den neuen Bundesländern, ich unterstütze den Aufbau Ost. Man muss sich beteiligen. Mein Frisör handelt ja jetzt auch mit den Immobilien, aber ich habe ja schon ein Haus. Mein Frisör kennt sich aus. Wenn ich einen Bestseller zusammenbringe und die Tausender nur so reinfetzen, dann lege ich das Geld bei meinem Frisör an. Bitte empfehlen Sie mich auch anderen Lesern. Ich kann Ihnen meinen Frisör dringend empfehlen. Italien wird unabhängig, und einer der ersten Abgeordneten im neuen Parlament heißt Giuseppe Verdi. Seit jenen fernen Tagen haben sich nicht nur die Frisöre geändert. Ich habe wieder Stuhlgang. Warum habe ich noch immer Stuhlgang?

Sie müssen essen, mein Freund. Sind Sie denn wahnsinnig geworden?

Ich bring nichts hinunter, Herr Docktor.

Haben Sie denn gar keinen Hunger?

Nicht mehr, Herr Docktor.

Ja sagen Sie mal, spinnen Sie denn komplett?

Herr Docktor, ein Tabletterl ...

Sie essen jetzt was, und zwar sofort.

Wenn ich doch …

Wie lange haben Sie denn schon nichts mehr gegessen?

Das sind schon ein paar Tage, Herr Docktor.

Das werden wir gleich haben.

Nur kein Spritzerl nicht, Herr Docktor. Kein Spritzerl.

Der Doktor bin ich und nicht Sie.

Ja, freilich, aber bitte kein Spritzerl, Herr Docktor.

Es entsteht ein Handgemenge und so weiter. Die Straßenbahn kommt und kommt nicht, kommt und kommt nicht, kommt und kommt nicht, kommt und kommt nicht. Ich müsste vielleicht hinüberwechseln auf eine andere Linie, 19 statt 27 oder so. Zu meiner Schulzeit gab's noch Schaffner. 1971 zum Beispiel. An Schnupftowok her, einen rassen. Setz dein Glas nicht so hart auf den Marmortisch. Warum bin ich nicht schwul geworden? Hör auf damit. Ein Schiff wird kommen und mich von einem Ufer des Würmsees zum anderen tragen, mehr schon auch nicht, nur um mich zu täuschen, um eine Veränderung zu suggerieren. Wer mir künftig morgens einen Schnaps hinstellt, wird sich wundern, weil ich ihn nämlich hinunterhauen werde. Fast alles in diesem Leben ist eine Fehlkonstruktion.

Kaffeetemperaturisolierkannen
Mineralwasserflaschenverschlüsse
Bilderrahmenstyroporschutzecken

Diskettenschutzundversandhüllen
Zahnsalznachfüllumverpackungen
Kopiersystemhandbuchhalterungen
Einkaufswagenleihgeldplastikspeicher
Warenkennzeichnungscodedechiffrierkompjuter

Aber wir benötigen diese Dinge ja dringend. Ich weiß nicht, ob es in Griechenland eine Kaffeemaschine gibt. Dass man mich verdächtigt, halte ich nach wie vor für überzogen. Meine Reaktion ist niemals ein bloßes Gefrett. Niemals. Wenn ich scheiße, dann gibt das anständige Batzen und keinen Sprühnebel. Kraut und Rüben überall. Selbst auf den schneebedeckten Feldern sehe ich Kraut und Rüben in trauter Zweisamkeit. Das alles scheint herüber auf meinen Arbeitsschreibtisch und belegt den ganzen Verhau mit einem blauen Licht, als wollte es mir eine blaue Periode ankündigen. Vieles geschieht ohne mein Wissen. Andere wissen mehr. Wenn ich einmal der Gegend keinen Reiz mehr abgewinnen kann, setz ich mich auf eine Bank im Nymphenburger Park und warte auf eine neue Gegend. Das ist dann so eine Art der Verwechslung. Eine Verwechslung ist schnell geschehen, im Krankenhaus bei den Säuglingen oder bei der Polizei, falls man die Ehre hat, dem Verdächtigenkreis anzugehören. Wer nie verdächtig ist, ist mir verdächtig. Mit dem oder mit der, nein, mit der oder mit dem kann was nicht stimmen. Definitiv. Mein Gott, die Fingerchen eines Kindes berühren mich. So zart und doch. Hihi. Fünftens betrachte man seine eigene Unterwäsche. So was kann natürlich ins Auge gehen. Dass ich ein Zigeuner bin, spielt in diesem Zusammenhang keine Rolle, dass ich vielleicht zu der Gattung Menschen gehöre, die ein wenig risikofreudiger als der Durchschnitt, das ist wurscht. The

drugs and substances listed below are those for which reliable data on their effect during lactation have been compiled. This listing is undoubtely incomplete. Intake while nursing must always be exercised.

Alcohol: Generally compatible with breast feeding. Monitor for drowsiness, diaphoresis, weakness, and failure to thrive. Intake of 1 g/kg/d may decrease maternal milk ejection reflex.

Das gilt auch für Oberbayern / Allgäu. Der Schnee fällt überall. In jede Ecke haut es ihn hinein. Man kann von hier aus in jeder Himmelsrichtung Schneefall feststellen. Komm ich an einer Weide vorbei, versammeln sich die Wiederkäuer, und ich bin nicht sicher ob ich sicher bin. Der Zaun ist zwar elektrisch gesichert, als ob das für einen solchen Ochsen ein Problem wäre. Krank wäre ich ja eigentlich kaum. Das Problem mit den Wiederaufbereitungsanlagen ist heute noch gar nicht absehbar, ich meine die Größe des auf uns zukommenden Problemes, exakt gedacht meine ich was anderes. Ich bin überzeugt. Ein Überzeugter. Und dies, obwohl ich keinem Dachverband angehöre. Jetzt grad eben hängen die Wolken am Himmel eben nicht quer, sondern sie stehen einmal ganz normal am Himmel, der auch ganz normal seine Funktion als Himmel wahrnimmt und ansonsten nichts dergleichen tut. Vorsicht: Renovierung des Bahnhofes! Was könnte passieren? Nun, es könnten sich beispielsweise Ziegelsteine aus den oberen Mauerbereichen beim Sandstrahlen lösen und auf Kunden der deutschen Bahn AG fallen, Leute, die den Bahnhof in der Regel ohne gelbe Bauhelme betreten. Und dann hätten wir ein versicherungstechnisches Problem. Oder man könnte auf einer

Bürgerkingschachtel, die noch Ketchupreste aufweist, treten und ausrutschen. Es hieß doch immer, wenn in Kuba die Seife ausgeht, dann gibt es eine Revolution. Auch das war eine Lüge. Schon längst gibt es nicht mehr genügend Seife in Kuba. Die Macht der Verdrängung ist vielen eben nicht bewusst. Unter Macht versteht ja jeder nur Machtergreifung. Machterhaltung. Mächtig. Wir deutschen uns in eine Sauberkeit, bei uns geht weder die Macht noch die Seife aus. Ich weiß, dass man mal wieder einen anständigen Satz von mir erwartet. Wenn man sich nur einen Millimeter weiter rechts bewegt, steht man schon mit einem Bein in den Millionen. Da wäre gleich alles möglich. Amerika ist ja längst nicht mehr das einzige Land mit unbegrenzten Möglichkeiten. Auswandern wird bei allen Umfragen nicht mehr umgefragt, es ist kein Thema mehr. Nach Kanada gehen höchstens die Pumajäger, aber doch die Bankkaufleute nicht mehr. Suchend, wie eine Träne rinne ich an den Dingen entlang. Die Träne jedoch hat die Chance, bei geöffnetem Mund in den Kopf zurückzutropfen und sich zu erneuern.

Lieber FranzGeorgHansReinholdSepp .... ich muss mich kollektiv von euch verabschieden. Ist das nicht einfach irre? Hängt weiter eure Nasen in dunkles Weißbier, schüttelt weiter eure Schwänze beim Seichen, schwingt eure Tennisschläger weiter im Rhythmus der vergangenen Tage, pflegt weiter eure Anerziehungen. Am besten tragt Handschuhe. Sichert euer Monatseinkommen. Lasst es euch schmecken. Warum nicht? Nur nehmt mich nicht länger auf die Seite. Ich bin an euren Geheimnissen nicht mehr interessiert. Auch nicht an euren Tipps oder gar an den schmierigen Denkfäden, die euch wie Sperma vom Hirn hängen. Leckts mich am Arsch.

Wer glaubt, der Mond wäre nur ein grauer Steinklumpen, muss aus meinem Leben verschwinden. Noch ist das Denken umsonst. Keine Steuern werden darauf erhoben. Der ganze Materialismus ist ein Fliegenschiss. Wahrhaftigkeit erreicht man nur über den Gedanken. Gefühle alleine können dem Gedanken gefährlich werden. Das führt übergangslos zu Trauer, zu schwarzer Kleidung, welche nachts gefährlich ist. Es ist mir nun scheißegal, wie gefährlich ich zu jeder Tageszeit lebe.

Sie machte Ausritte, auch nach Andechs, Spaziergänge mit den beiden gelben Doggen, Wettschwimmen, Florettfechten und so weiter, die Kahnfahrten mit Ludwig und dem kleinen Mohren Rustino nicht zu vergessen, so war sie, die Sissi. Meine Sissi. Ich liebe meine kleinen romantischen Ausrutscher. Mal ein Jahrhundert vor und dann zwei zurück, herrlich. Dann vergehen halt schnell ein paar Jahre, und? Es wurde geprüft, ob man mich im Gymnasium überhaupt brauchen konnte. Diese Prüfung war nicht leicht, aber mit 10 konnte mich rein gar nichts erschüttern. Zack. 24 Jahre her, sehen Sie? Bestanden!!! Der Heinerl geht jetzt aufs Gymnasium! (Stolz) Wos? (Erstaunt, respektvoll) Ja wirklich? (Anerkennend) Mhm! (Befriedigt!) So lief das Jahr 1970 in 1971 hinein und riss mich mit, und ich saß im Gymnasium, und so blöd stellte ich mich nicht einmal an. Die Motoren heulen auf und treiben die Fahrzeuge nach vorne. Ein gelungener Start. Schon in der ersten Kurve wird gerangelt, ich rangle nicht mit, weil das am Anfang Unsinn ist. Nach drei Runden hat sich alles ein bisschen auseinander gezogen, und die meisten Fahrer fühlen sich recht sicher auf ihrer Position. Das ist der Moment einzugreifen. Die Motoren heulen auf.

Stecken
Aufs
Stelzengehen
verstehe
ich
mich
meine
Beine
sind
mir
abgeschlagen
mir
bleibt
nur
in
den
Wind
zu
beißen
und
weit
hinauf
zu
greifen
in
der
Hoffnung
auf
Schmerzlosigkeit
Einen
Stecken
als
Stütze

und

Waffe

die

vorbeifliegenden

Schädel

in

Verzweiflung

zu

zerschmettern

und

der

Herde

zu

drohen

die

von

unten

heran

kriecht

Endlich

Regen

der

kühlt

und

mich

so

tapfer

aussehen

lässt

nasse

Haare

hängen

in

meine

Augen

Und

Donner

und

Blitz

ich

schreie

und

schwinge

den

Stecken

wie

es

mir

gefällt

Ein Hungerleider ist und bleibt eine arme Sau. Zu einem Hungerleider hilft niemand. Selbst die Hunde knurren und fletschen. Auch die Polizei hat kein Verständnis für einen Hungerleider. Ein Hausbesitzer sieht das ähnlich. Aber noch bin ich nicht fertig: Noch einmal blitzen meine Augen auf, und meine Haare glühen:

Ich bin doch ein **R E B E L L !**

Zu einem Rebellen müssen doch wenigstens andere Rebellen helfen. Dass wir uns zusammenrotten zu einem Rebellenhaufen. Hausfrauen aufgehorcht. Dass ein Menschenvolk degeneriert, lässt sich nicht mehr verleugnen. Lassen Sie mich schnell zwei, drei Muskelgruppen entspannen, damit ich wenigstens entspannt sitze. Enthäutet und wund sehe ich aus dem Fenster und stelle fest, dass da wohl noch hundert Jahre eine Hausmauer stehen wird, die mir den freien Blick verbaut. Ich sprach von Degeneration. Ich stelle mich mitten ins Zimmer und lasse die Arme einfach hängen. Doch sie lassen sich nicht gänzlich von der Schwerkraft zur Erdmitte ziehen, sondern weisen noch immer eine charakteristische Krümmung auf. Eine Kampfkrümmung hinauf bis zu den Schultern. Dabei plärrt wie immer alles für eine neue Energiepolitik. Ich suche hier die Granatsplitter zusammen, ohne schützende Handschuhe arbeite ich fleißig, emsig. Alle Wege sollen nach Rom führen. Abendelang könnte man darüber nachdenken. Der Winter wird heuer schwer weichen. Lange wird er von der Indolenz zehren, die ihm zu oft entgegenschlug. Ich halte meinen Kopf. Ich erinnere mich. Ich habe noch Wünsche. Ich könnte durchbrechen. Schleim aber ist der Tau der Vergänglichkeit, und Schleim haftet an meinen Sohlen, da können die Kirchenglocken noch so herüberbimmeln.

Liegen im eigenen Saft
schwimmen in der Glosse
Mein Schatz ist blond
ich nicht

was ist neu neu ist von wegen mir ein automobil zum fahren aus der dunkelheit ins fremde licht sicherheit inbegriffen verzinkte karosserie damit nichts rostet radio auch sound sound und das öffnen des daches mit elektrischer hilfe also warum nicht landstraßen zwängen sich durch rapsfelder das auto kullert vorwärts baujahr technisch wohin der weg führt auf radialreifen und die stoßdämpfer haben arbeit außerdem darf man lenken drehen am rad. So gehts nicht.

Gimme something. Fischzüge, Heuschreckenschwärme, der Angriff der Pollen (mit zwei l). Fässer ohne Boden. Die Fässerböden kullern uns zu Tausenden entgegen, da heißt es springen, hüpfen. Senfgeschmack am Gaumen. Jahrhundertelang habe ich die Nahrung verweigert, und dann das. Es sollte nichts mehr aus meinem Bauchfett herausgeschnitten werden können. Ich wollte mich auch nur noch um Maiglöckchen kümmern. Kinderaugen. Blicke aus Kinderaugen. Fähren. Jede einzelne, weiße Seite steht in ihrer Fahlheit mir nicht nach. Mit einem Gerüst müsste es zu schaffen sein. Eingekeilt in der Erkenntnis, nicht mehr auskönnen müsste man. Mein Herzrhythmus bleibt ebenso unbeeinflusst wie mein Stuhlgang. Das Gerüst also nicht als Höhenhilfe, sondern als seitliche Begrenzung. Ich könnte mich mit meinem Stuhl in den Erdboden scharren. Spanisches Sommerlicht würde auf dem über mir zusammengefallenen Loch liegen, und Sandflöhe würden sich in meinen Haaren verbeißen. In den unteren Erdschichten würde ich vermutlich auf Autoteile treffen, Scheinwerfergehäuse, Polsterreste, Radkappen, Sonnenblenden und so weiter. Regenwürmer würden an meinem Kopf vorbeiziehen. Das wäre dann das Warten auf den schraubstockartigen Frost. Meine Körpertemperatur würde sich schleichend dem Gefrierpunkt nähern, und selbst da hätte ich noch die Hoffnung, wenigstens ein letztes Mal zu explodieren. Es wird immer ein letztes Zerreißen geben. Man darf dieses Zerreißen nicht dem Tod gleichstellen. Einmal wird's mich immer noch zerreißen.

Meine Assistenten stecken im Stau. In der Nacht haben sich die abends gegen 8 Uhr eingetretenen Schneefälle verstärkt. Es schneite, dass der Himmel weiß war und die jämmerlichen Räumfahrzeuge gänzlich erstickten. Morgens lag dann der Schnee ein paar Meter hoch, und die wichtigsten Hauptverkehrsstraßen wurden mit Schneefräsen gefügig gemacht. Meine Assistenten haben auf meine Anweisung hin den Weg auf sich genommen, das Risiko getragen. Dann krachte hier ein paar hundert Mal das Telefon in die Stille hinein. (Autotelefon) Stau. Stau. Stau. Stau. Stau. Stau ...... Ich weiß, sagte ich nach dem 27sten Anruf. So sind meine Apostel versprengt in allen Teilen Oberbayerns zwischen meterhohen Schneewällen den Radioinformationen ausgesetzt. Einst habe ich sie alle zusammengetrommelt und ihnen einen Anpfiff ersten Ranges verpasst. Ich kann Unkonzentriertheit nicht leiden. Ablenkung ja, aber zur gegebenen Zeit. Meinetwegen sollen sie sich abends um 9 hinsetzen und zwei Stunden fernsehen. Die weiblichen tragen ja Strumpfhosen. Ich kann Strumpfhosen nicht leiden, sogar das ließ ich beiläufig fallen. Stecken sich die in eine Strumpfhose hinein, bis hinauf zum Brustansatz. Die Zeit rinnt mir zu schnell. Unermüdlich tropft eine Sekunde in die nächste. Stündlich Nachrichten, das macht es auch nicht besser. Stündlich setzt auch die Musik wieder ein. Die Musik, die oft zu schön ist, sich nicht mitreißen zu lassen. 35 Jahre rum wie nix, las neulich eine 69er Ausgabe von wasweißich, das sind auch 26 Jahre. Wie lange ist es her, dass ich drei Freundinnen hatte und eine jede geschlechtlich bediente, was mich gerade so auslastete, zehn, fünfzehn Jahre? Uiuiuiui, ein jedes blutjunge Mädel hüpft eigenartig fremd. Was bleibt? Es steht zu viel im Weg. Tageslicht fällt mir auf die Hand, blaue Adern liegen aufgerieben unter der pergamentartigen Haut, verzweigen sich aus den Tälern der Handknöchel in die weite Ebene des Handrückens. Eines Tages wird mir das CSU-Parteibuch angetragen werden. Die werden sich wundern, wenn ich noch einmal aus meiner Begrenztheit herausfauche. Zack ist einer vorbeigefahren, mit einem Duftbaum am Innenspiegel, türkisblau hat der herausgeblitzt, eingeschlichene Sauereien möchte ich an dieser Stelle nicht mehr bringen. Wenn ich jetzt dann nach Hause gehe, vergesse ich den Schirm nicht, den blutoranschenen, der farbekreischend über meinem erlauchten Haupt die Luft zerschneidet. Ich bin kurz vorm Derrennen. Ich werde mich wahrscheinlich derwuzeln. Es war die Gefahr vorhanden, dick zu werden. Der Ansatz ist schnell da, wenn man nicht höllisch aufpasst. Aber man kann sich anspannen, bis kurz vor dem Zerbersten, und dann möcht ich sehen, wer so dem Seitenwind nicht Paroli bieten könnte. Ich hatte geträumt, ich sei Reifenhändler. Der Reifenhandel boomt. Im Sommer Breitreifen und Aluminiumfelgen, im Winter Sicherheit bei Schnee- und Eisglätte. Sie, warum gibt's jetzt den Goodyear nicht in meiner Größe? Ich fahre die am meisten gefahrene Größe, alle BMWs, Audis und Passats fahren diese Größe. Das gibt's doch nicht, dass die den Reifen nicht in dieser Größe haben. Ist jetzt wenigstens der Fulda ein guter Reifen? Ich wollte ja den Goodyear, den Aquaplaningreifen, aber den gibt's ja nicht in meiner Größe. Wenn Sie sagen, dass der Fulda ein guter Reifen ist, soll's mir recht sein, aber der Goodyear wäre mir schon lieber gewesen. Also gut, dann fahren wir halt Fulda. Fahren Sie auch einen Fulda?